莎士比亚戏剧集

U0661954

约翰王·麦克白

（英）威廉·莎士比亚 著　朱生豪 译

北方联合出版传媒(集团)股份有限公司
万卷出版公司

ⓒ （英）威廉·莎士比亚　2014

图书在版编目（CIP）数据

约翰王·麦克白 / （英）莎士比亚著；朱生豪译
. -- 沈阳：万卷出版公司，2014.9
（莎士比亚戏剧集）
ISBN 978-7-5470-3187-2

Ⅰ. ①约… Ⅱ. ①莎… ②朱… Ⅲ. ①悲剧－剧本－
作品集－英国－中世纪 Ⅳ. ①I561.33

中国版本图书馆CIP数据核字(2014)第196361号

约翰王·麦克白

责任编辑	邢和明	
出　版　者	北方联合出版传媒（集团）股份有限公司	
	万卷出版公司	
联系电话	024-23284090　　010-57454988	
经　　销	各地新华书店发行	
印　　刷	北京一鑫印务有限责任公司	
版　　次	2014年10月第1版	
印　　次	2019年1月第2次印刷	
成品尺寸	155mm×220mm	
印　　张	11.5	
字　　数	120千字	
书　　号	978-7-5470-3187-2	
定　　价	22.80元	

丛书所有文字插图版式之版权归出版者所有　任何翻印必追究法律责任
常年法律顾问：徐涌　版权专有　侵权必究　举报电话：024-23284090 010-57262357
如有质量问题，请与印务部联系。联系电话：010-57262361

目　录

约翰王

剧中人物

约翰王

亨利亲王　约翰王之子

亚瑟　布列塔尼公爵，约翰王之侄

彭勃洛克伯爵

爱塞克斯伯爵

萨立斯伯雷伯爵

俾高特勋爵

赫伯特·德·勃格

罗伯特·福康勃立琪　罗伯特·福康勃立琪爵士之子

庶子腓力普　罗伯特之庶兄

詹姆士·葛尼　福康勃立琪夫人之仆

彼得·邦弗雷特　预言者

腓力普王　法国国王

路易　法国太子

利摩琪斯　奥地利公爵

潘杜尔夫主教　教皇使臣

茂伦伯爵　法国贵族

夏提昂　法国使臣

艾莉诺　约翰王之母

康斯丹丝　亚瑟之母

白兰绮　西班牙郡主，约翰王之侄女

福康勃立琪夫人

群臣、侍女、安及尔斯市民、郡吏、传令官、军官、兵士、使者及其他侍从等

地　点

英国；法国

约翰王

第一幕

第一场　宫中大厅

约翰王、艾莉诺太后、彭勃洛克伯爵、爱塞克斯伯爵、
萨立斯伯雷伯爵等及夏提昂同上。

约翰王　说，夏提昂，法兰西对我们有什么见教？

夏提昂　我奉法兰西国王之命，向英国的僭王致意。

艾莉诺　奇了，怎么叫做僭王？

约翰王　不要说话，母后；听这使臣怎么说。

夏提昂　法王腓力普代表你的已故王兄吉弗雷的世子亚瑟·普兰
塔琪纳特，向你提出最合法的要求，追还这一座美好的岛
屿和其他的全部领土，爱尔兰，波亚叠，安佐，妥伦和缅
因；他要求你放弃这些用威力霸占的利权，把它们交给你
的侄儿和合法的君王，少年的亚瑟的手里。

约翰王　要是我拒绝这个要求，那便怎样？

夏提昂　残暴而流血的战争，将要强迫你放弃这些霸占的利权。

约翰王　我们要用战争对付战争，流血对付流血，压迫对付压迫：就这样去答复法兰西吧。

夏提昂　那么从我的嘴里接受我们王上的挑战吧，这是我的使命付给我的权力的极限。

约翰王　把我的答复带给他，好好离开我们的国境。愿你成为法兰西眼中的闪电，因为不等你有时间回去报告，我就要踏上你们的国土，我的巨炮的雷鸣将要被你们所听见。去吧！愿你像号角一般，宣告我们的愤怒，预言你们自己悲哀的没落。让他得到使臣应有的礼遇；彭勃洛克，你护送他安全出境。再会，夏提昂。（夏提昂、彭勃洛克同下。）

艾莉诺　嘿！我的儿，我不是早就说过，那野心勃勃的康斯丹丝一定要煽动法兰西和整个的世界起来，帮助她的儿子争权夺利才肯甘休吗？这种事情本来只要说几句好话，就可以避免决裂，现在却必须出动两国的兵力，用可怕的流血解决一切了。

约翰王　我们坚强的据守和合法的权利，便是我们的保障。

艾莉诺　你有的是坚强的据守，若指望合法的权利作保障，你和我就要糟糕了。我的良心在你耳边说着这样的话，除了上天和你我以外，谁也不能让他听见。

　　　　一郡吏上，向爱塞克斯耳语。

爱塞克斯　陛下，有一件从乡间来的非常奇怪的讼案，要请您判断一下，我从来没有听见过这种古怪的事情。要不要把他们叫上来？

约翰王 　叫他们来吧。（郡吏下）我们的寺庙庵院将要替我们付出

　　　　这一次出征的费用。

　　　　　郡吏率罗伯特·福康勃立琪及其庶兄腓力普重上。

约翰王 　你们是些什么人？

庶子 　启禀陛下，我是您的忠实的臣民，一个出生在诺桑普敦郡

　　　　的绅士，据说是罗伯特·福康勃立琪的长子；我的父亲是

　　　　一个军人，曾经跟随狮心王①作战，还从他溥施恩荣的手

　　　　里受到了骑士的册封。

约翰王 　你是什么人？

罗伯特 　我就是那位已故的福康勃立琪的嫡子。

约翰王 　他是长子，你又是嫡子，那么看来你们不是同母所生的。

庶子 　陛下，我们的的确确是同母所生，这是大家都知道的。我

　　　　想我们也是一个父亲的儿子；可是这一点究竟靠得住靠不

　　　　住，那可只有上天和我的母亲知道；我自己是有点儿怀疑

　　　　的，正像每个人的儿子都有同样的权利怀疑一样。

艾莉诺 　啐，无礼的家伙！你怎么可以用这种猜疑的言语污辱你

　　　　的母亲，毁坏她的名誉？

庶子 　我吗，娘娘？不，我没有抱这种猜疑的理由；这是我弟弟

　　　　所说的，不是我自己的意思；要是他能够证实他的说法，

　　　　他就可以使我失去至少每年五百镑的大好收入。愿上天保

　　　　卫我母亲的名誉和我的田地！

————————————

　　①狮心王即英王理查一世（Richard I, Coeur de Lion, 1157—1199），
曾参加第三次十字军。

约翰王　一个出言粗鲁的老实汉子。他既然是幼子，为什么要争夺你的继承的权利？

庶子　我不知道为什么，只知道他要抢夺我的田地。可是他曾经造谣诽谤，说我是个私生子；究竟我是不是我的父母堂堂正正生下来的儿子，那只好去问我的母亲；可是陛下，您只要比较比较我们两人的面貌，就可以判断我有什么地方不及他——愿生养我的人尸骨平安！要是我们两人果然都是老罗伯特爵士所生，他是我们两人的父亲，而只有这一个儿子像他的话，老罗伯特爵士，爸呀，我要跪在地上，感谢上天，我并不生得像你一样！

约翰王　嗳哟，我们这儿来了一个多么莽撞的家伙！

艾莉诺　他的面貌有些像狮心王的样子；他说话的音调也有点儿像他。你看这汉子的庞大的身体上，不是存留着几分我的亡儿的特征吗？

约翰王　我已经仔细打量过他的全身，果然和理查十分相像。喂，小子，说，你为什么要争夺你兄长的田地？

庶子　因为从侧面看，他那半边脸正像我父亲一样。凭着那半边脸，他要占有我的全部田地；一枚半边脸的银圆也值一年五百镑的收入！

罗伯特　陛下，先父在世的时候，曾经多蒙您的王兄重用——

庶子　嘿，弟弟，你说这样的话是不能得到我的田地的；你应该告诉陛下他怎样重用我的母亲才是。

罗伯特　有一次他奉命出使德国，和德皇接洽要公；先王乘着这个机会，就驾幸我父亲的家里；其中经过的暧昧情形，我也不好意思说出来，可是事实总是事实。当我的母亲怀孕这位勇壮的哥儿的时候，广大的海陆隔离着我的父亲和母亲，这是我从我的父亲嘴里亲耳听到的。他在临终之际，遗命把他的田地传授给我，发誓说我母亲的这一个儿子并不是他的，否则他不应该早生下来十四个星期。所以，陛下，让我遵从先父的意旨，得到我所应得的这一份田地吧。

约翰王　小子，你的哥哥是合法的；他是你的父亲的妻子婚后所生，即使她有和外人私通的情事，那也是她的过错，是每一个娶了妻子的丈夫无法保险的。告诉我，要是果然如你所说，我的王兄曾经费过一番辛苦生下这个儿子，假如他向你的父亲索讨起他这儿子来，那便怎样？老实说，好朋友，既然这头小牛是他的母牛生下来的，听凭全世界来索讨，你的父亲也可以坚决不给。真的，他可以这样干；那么即使他是我王兄的种子，我的王兄也无权索讨；虽然他不是你父亲的骨肉，你的父亲也无须否认了。总而言之，我的母亲的儿子生下你的父亲的嫡嗣；你的父亲的嫡嗣必须得到你的父亲的田地。

罗伯特　那么难道我的父亲的遗嘱没有力量摈斥一个并不是他所生的儿子吗？

庶子　兄弟，当初生下我来，既不是他的主意；承认我，拒绝我，也由不得他做主。

艾莉诺　你还是愿意像你兄弟一样，做一个福康勃立琪家里的人，享有你父亲的田地呢，还是愿意被人认作狮心王的儿子，除了一身之外，什么田地也没有呢？

庶子　娘娘，要是我的兄弟长得像我一样，我长得像他——罗伯特爵士一样；要是我的腿是这样两根给小孩子当马骑的竹竿，我的手臂是这样两条塞满柴草的鳗鲡皮，我的脸瘦得使我不敢在我的耳边插一朵玫瑰花，因为恐怕人家说，"瞧，这不是一个三分的小钱①吗？"要是我必须长成这么一副模样才能够承继到我父亲的全部田地，那么我宁愿一辈子站在这儿，宁愿放弃每一尺的土地，跟他交换这一张面庞，再也不要做什么劳什子的爵士。

艾莉诺　我很喜欢你；你愿意放弃你的财产，把你的田地让给他，跟着我走吗？我是一个军人，现在要出征法国去了。

庶子　弟弟，你把我的田地拿去吧，我要试一试我的运气。你的脸已经使你得到每年五百镑的收入，可是把你的脸卖五个便士，还嫌太贵了些。娘娘，我愿意跟随您直到死去。

艾莉诺　不，我倒希望你比我先走一步呢。

庶子　按照我们乡间的礼貌，卑幼者是应该让尊长先走的。

约翰王　你叫什么名字？

庶子　启禀陛下，我的名字叫腓力普；腓力普，老罗伯特爵士的妻子的长子。

约翰王　从今以后，顶着那赋予你这副形状的人的名字吧。腓力普，跪下来，当你站起来的时候，你将要比现在更高贵；起来，理查爵士，你也是普兰塔琪纳特一家的人了。

庶子　我的同母的兄弟，把你的手给我；我的父亲给我荣誉，你的父亲给你田地。不论黑夜或白昼，有福的是那个时辰，当罗伯特爵士不在家里，我母亲的腹中有了我！

---

　　①这种三分的小钱与二分、四分的小钱类似；因此在钱面上的皇后像耳后添一朵玫瑰花，以资识别。

约翰王

9

艾莉诺 正是普兰塔琪纳特的精神！我是你的祖母，理查，你这样叫我吧。

庶子 娘娘，这也是偶然的机会，未必合于正道；可是那有什么关系呢？略微走些弯斜的歪路，干些钻穴踰墙的把戏，并不是不可原谅的；谁不敢在白昼活动，就只好在黑夜偷偷摸摸；只要目的达到，何必管它用的是什么手段？不论距离远近，射中的总是好箭；私生也好，官生也好，我总是这么一个我。

约翰王 去，福康勃立琪，你已经满足了你的愿望；一个没有寸尺之地的骑士使你成为一个有田有地的乡绅。来，母后；来，理查：我们必须火速出发到法国去，不要耽误了我们的要事。

庶子 兄弟，再会；愿幸运降临到你身上！因为你是你的父母堂堂正正生下来的。（除庶子外均下）牺牲了许多的田地，换到这寸尺的荣誉。好，现在我可以叫无论哪一个村姑做起夫人来了。"晚安，理查爵士！""你好，朋友！"假如他的名字是乔治，我就叫他彼得；因为做了新贵，是会忘记人们的名字的；身份转变之后，要是还记得每个人的名字，就显得太恭敬或是太跟人家亲密了。要是有什么旅行的人带着他的牙签奉陪我这位爵士大人进餐，等我的尊腹装饱以后，我就要咂咂我的嘴，向这位游历各国的人发问；把上身斜靠在臂肘上，我要这样开始："足下，就要请教，"——这就是问题，于是回答来了，就像会话入门书上所载的一样："啊，阁下，"这是回答，"您有什么吩咐，鄙人总是愿意竭力效劳的。""岂敢岂敢，"这是问题，"足下如有需用鄙人之处，鄙人无不乐于尽力。"照这样扯上了一大堆客套的话，谈谈阿尔卑斯山、亚平宁山、比利尼山和波河的风景，在回答还没有知道问题所要问的事情以前，早又到晚餐的时候了。可是这样才是上流社会，适合于像我自己这样向上的精神；因为谁要是不懂得适应潮流，他就是一个时代的私生子。我正是一个私生子，不管我适应得好不好。不单凭着服装、容饰、外形和徽纹，我还要从内心发出一些甜甜蜜蜜的毒药来，让世人受我的麻醉；虽然我不想有意欺骗世人，可是为了防止受人欺骗起见，我要学习学习这一套手段，因为在我升发的路途上一定会铺满这一类谄媚的花朵。可是谁穿了骑马的装束，这样急急忙忙地跑来啦？这是什么报急信的女公差？难道她竟没有一个丈夫，可以替她在前面做吹喇叭的乌龟吗？

福康勃立琪夫人及詹姆士·葛尼上。

庶子 嗳哟！那是我的母亲。啊，好太太！您为什么这样急急忙忙上宫廷里来？

福康勃立琪夫人 那畜生，你的兄弟呢？他到处破坏我的名誉，他到哪儿去了？

庶子 我的弟弟罗伯特吗？老罗伯特爵士的儿子吗？那个三头六臂的巨人，那个了不得的英雄吗？您找的是不是罗伯特爵士的儿子？

福康勃立琪夫人 罗伯特爵士的儿子！嗳，你这不敬尊长的孩子！罗伯特爵士的儿子；为什么你要瞧不起罗伯特爵士？他是罗伯特爵士的儿子，你也是。

庶子 詹姆士·葛尼，你愿意离开我们一会儿吗？

葛尼　可以可以，好腓力普。

庶子　什么鬼腓力普！詹姆士，事情好玩着呢，等一会儿我告诉你。（葛尼下）母亲，我不是老罗伯特爵士的儿子；罗伯特爵士可以在耶稣受难日吃下他在我身上的一部分血肉而没有破了斋戒。罗伯特爵士是个有能耐的；嘿，老实说，他能够生下我来吗？罗伯特爵士没有这样的本领；我们知道他的手艺。所以，好妈妈，究竟我这身体是谁给我的？罗伯特爵士再也制造不出这么一条好腿来。

福康勃立琪夫人　你也和你的兄弟串通了来跟我作对吗？为了你自己的利益，你是应该竭力卫护我的名誉的。这种讥笑的话是什么意思，你这不孝的畜生？

庶子　骑士，骑士，好妈妈；就像巴西利斯柯①所说的一样。嘿！我已经受了封啦，剑头已经碰到我的肩上。可是，妈，我不是罗伯特爵士的儿子；我已经否认罗伯特爵士，放弃我的田地；法律上的嫡子地位、名义，什么都没有了。所以，我的好妈妈，让我知道谁是我的父亲；我希望是个很体面的人；他是谁，妈？

福康勃立琪夫人　你已经否认你是福康勃立琪家里的人了吗？

庶子　正像我否认跟魔鬼有什么关系一般没有虚假。

福康勃立琪夫人　狮心王理查是你的父亲；在他长时期的热烈追求之下，我一时受到诱惑，让他登上了我丈夫的眠床。上天饶恕我的过失！我不能抵抗他强力的求欢，你便是我那

---

①巴西利斯柯（Basilisco），当时一出流行戏里的人物，在受辱的时候还要求人称他为"骑士"。

一次销魂的罪恶中所结下的果实。

庶子 天日在上，母亲，要是我重新投胎，我也不希望有一个更好的父亲。有些罪恶在这世上是有它们的好处的，您的也是这样；您的过失不是您的愚蠢。在他君临一切的爱情之前，您不能不俯首臣服，掏出您的心来呈献给他，他的神威和无比的强力，曾经使无畏的雄狮失去战斗的勇气，让理查剖取它的高贵的心。他既然能够凭着勇力夺去狮子的心，赢得一个女人的心当然是易如反掌的。哦，我的妈，我用全心感谢你给我这样一位父亲！哪一个活着的人嘴里胆敢说您在怀着我的时候干了坏事，我要送他的灵魂下地狱。来，太太，我要带您去给我的亲属引见引见；他们将要说，当理查留下我这种子的时候，要是您拒绝了他，那才是一件罪恶；照现在这样，谁要说您犯了罪，他就是说谎；我说：这算不了罪恶。(同下。)

第二幕

第一场 法国。安及尔斯城前

奥地利公爵利摩琪斯率军队自一方上；法王腓力普率
军队及路易、康斯丹丝、亚瑟、侍从等自另一方上。

腓力普王 英勇的奥地利，今天在安及尔斯城前和你相遇，真是
幸会。亚瑟，那和你同血统的你的伟大的前驱者理查，那
曾经攫取狮心，在巴勒斯坦指挥圣战的英雄，是在这位英
勇的公爵手里崩殂的；为了向他的后裔补偿前愆起见，他
已经听从我的敦请，到这儿来共举义旗，为了你的权利，
孩子，向你的逆叔英王约翰声讨篡窃之罪。拥抱他，爱他，
欢迎他到这儿来吧。

亚瑟 上帝将要宽宥你杀害狮心王的罪愆，因为你把生命给与他
的后裔，用你武力的羽翼庇护他们的权利。我举起无力的

手来欢迎你，可是我的心里却充满着纯洁的爱；欢迎你驾临安及尔斯城前，公爵。

腓力普王　一个高贵的孩子！谁不愿意为你出力呢？

利摩琪斯　我把这一个热烈的吻加在你的颊上，作为我的爱心的印证；我誓不归返我的故国，直到安及尔斯和你在法国所有的权利，连同那惨淡苍白的海岸——它的巨足踢回大洋汹涌的潮汐，把那岛国的居民隔离在世界之外——还有那为海洋所围护的英格兰，那未遭外敌侵凌的以水为城的堡垒，那海角极西的国土，全都敬礼你为国王；直到那时候，可爱的孩子，我要坚持我的武器，决不思念我的家乡。

康斯丹丝　啊！接受他的母亲的感谢，一个寡妇的感谢，直到你的坚强的手给他充分的力量，可以用更大的报酬答谢你的盛情。

利摩琪斯　在这样正义的战争中举起宝剑来的人，上天的平安是属于他们的。

腓力普王　那么好，我们动手吧。我们的大炮将要向这顽抗的城市轰击。叫我们那些最熟谙军事的人来，商讨安置火器的合宜地点。我们不惜在城前横陈我们尊严的骸骨，踏着法兰西人的血迹向市中前进，可是我们一定要使它向这孩子屈服。

康斯丹丝　等候你的使臣回来，看他带给你什么答复吧；不要轻率地让热血玷污了你们的刀剑。夏提昂大人也许会用和平的手段，从英国带来了我们现在要用武力争取的权利；那时我们就要因为在一时的卤莽中徒然轻掷的每一滴血液而悔恨了。

> 夏提昂上。

腓力普王 怪事，夫人！瞧，你刚想起，我们的使者夏提昂就到了。简单一点告诉我，贤卿，英格兰怎么说；我们在冷静地等候着你；夏提昂，说吧。

夏提昂 命令你们的军队停止这场无谓的围攻，鼓动他们准备更重大的厮杀吧。英格兰已经拒斥您的公正的要求，把她自己武装起来了。逆风延误了我的行程，可是却给英王一个机会，使他能够带领他的大军跟我同时登陆；他的行军十分迅速，快要到达这座城市了；他的兵力强盛，他的士卒都抱着必胜的信心。跟着他来的是他的母后，像一个复仇的女神，怂恿他从事这一场流血和争斗；她的侄孙女，西班牙的白兰绮郡主，也跟着同来；此外还有一个前王的庶子和全国一切少年好事之徒，浮躁、轻率而勇猛的志愿军人，他们有的是妇女的容貌和猛龙的性情，卖去了故乡的田产，骄傲地挺着他们了无牵挂的身子，到这儿来冒险寻求新的运气。总而言之，这次从英国渡海而来的，全是最精锐的部队，从来没有比他们更勇敢而无畏的战士曾经凌风破浪，前来蹂躏过基督教的国土。（内鼓声）他们粗暴的鼓声阻止我作更详细的叙述；他们已经到来，要是谈判失败，就要进行决战，所以准备起来吧。

腓力普王 他们来得这样快，倒是意想不到的。

利摩琪斯 越是出于意外，我们越是应该努力加强我们的防御，因为勇气是在磨炼中生长的。让我们欢迎他们到来，我们已经准备好了。

约翰王、艾莉诺、白兰绮、庶子、群臣及军队同上。

约翰王 愿和平归于法兰西,要是法兰西容许我们和平进入我们自己的城市;不然的话,流血吧,法兰西,让和平升上天空;我们将要躬行天讨,惩罚这蔑视神意、拒斥和平的罪人。

腓力普王 愿和平归于英格兰,要是你们愿意偃旗息鼓,退出法兰西的领土,在你们本国安享和平的幸福。我们是爱英国的;为了英国的缘故,我们才不辞劳苦而来,在甲胄的重压之下流汗。这本来是你的责任,不该由我们越俎代庖;可是你不但不爱英国,反而颠覆她的合法的君主,斩断绵绵相承的王统,睥睨幼弱的朝廷,奸污纯洁的王冠。瞧这儿你的兄长吉弗雷的脸吧:这一双眼睛,这两条眉毛,都是照他的模型塑成的;这一个小小的雏形,具备着随吉弗雷同时死去的种种特征,时间之手将会把他扩展成一个同样雄伟的巨人。那吉弗雷是你的长兄,这是他的儿子;英格兰的主权是应该属于吉弗雷和他的后嗣的。凭着上帝的名义,他应该戴上这一顶被你篡窃的王冠,热血还在他的脑门中跳动,你有什么权力擅自称王?

约翰王 谁给你这样伟大的使命,法兰西,使我必须答复你的质问呢?

腓力普王 我的权力得自那至高无上的法官,那在权威者的心中激发正直的思想,使他鉴照一切枉法背义的行为的神明;这神明使我成为这孩子的保护人;因为遵奉他的旨意,所以我来纠责你的过失,凭借他的默助,我要给不义者以应得的惩罚。

约翰王 唉！你这是篡窃上天的威权了。

腓力普王 恕我，我的目的是要击倒篡窃的奸徒。

艾莉诺 法兰西，你骂哪一个人是篡窃的奸徒？

康斯丹丝 让我回答你吧：你那篡位的儿子。

艾莉诺 呸，骄悍的妇人！你那私生子做了国王，你就可以做起太后来，把天下一手操纵了。

康斯丹丝 我对你的儿子克守贞节，正像你对你的丈夫一样；虽然你跟约翰在举止上十分相像，就像雨点和流水，魔鬼和他的母亲一般难分彼此，可是还不及我这孩子在容貌上和他父亲吉弗雷那样酷肖。我的孩子是个私生子！凭着我的灵魂起誓，我想他的父亲生下来的时候，也不会比他更光明正大；有了像你这样一位母亲，什么都是说不定的。

艾莉诺 好一位母亲，孩子，把你的父亲都污辱起来了。

康斯丹丝 好一位祖母，孩子，她要把你污辱哩。

利摩琪斯 静些！

庶子 听传令官说话。

利摩琪斯 你是个什么鬼东西？

庶子 我是个不怕你、还能剥下你的皮来的鬼东西。你正是俗话所说的那只兔子，它的胆量只好拉拉死狮子的胡须。要是我把你捉住了，我一定要敲你的皮。嘿，留点儿神吧，我是不会骗你的。

白兰绮 啊！他穿着从狮子身上剥下来的皮衣，那样子是多么威武！

庶子 看上去是很体面的，就像一头蒙着狮皮的驴子一样；可是，驴子，我要剥下您的狮皮，要不然就敲碎您的肩骨。

利摩琪斯　这是哪儿来的吹法螺的狂徒，用他满口荒唐的胡说震聋我们的耳朵？王兄——路易，赶快决定我们应该采取怎样的行动吧。

腓力普王　妇女们和无知的愚人们，不要多说。约翰王，我的唯一的目的，就是代表亚瑟，向你要求归还英格兰、爱尔兰、安佐、妥伦和缅因的各部分领土。你愿意放弃它们，放下你的武器吗？

约翰王　我宁愿放弃我的生命。接受我的挑战，法兰西。布列塔尼的亚瑟，赶快归降；凭着我对你的眷宠，我要给你极大的恩典，远过于怯懦的法兰西所能为你赢得的。投降吧，孩子。

艾莉诺　到你祖母的身边来，孩子。

康斯丹丝　去吧，孩子，到你祖母的身边去，孩子；把王国送给祖母，祖母会赏给你一颗梅子、一粒樱桃和一枚无花果。好一位祖母！

亚瑟　我的好妈妈，别说了吧！我但愿自己躺在坟墓里；我是不值得你们为我闹起这一场纠纷来的。

艾莉诺　他的母亲丢尽了他的脸，可怜的孩子，他哭了。

康斯丹丝　别管他的母亲，你才丢脸呢！是他祖母给他的损害，不是他母亲给他的耻辱，从他可怜的眼睛里激起了那些感动上天的珠泪，上天将要接受这一份礼物，是的，这些晶莹的珠玉将要贿赂上天，为他主持公道，向你们报复他的仇恨。

艾莉诺　你这诽谤天地的恶妇！

康斯丹丝　你这荼毒神人的妖媪！不要骂我诽谤天地；你跟你的

儿子篡夺了这被迫害的孩子的领土、王位和主权；这是你长子的嫡子，他有的是生来的富贵，都是因为你才遭逢这样的不幸。这可怜的孩子头上顶着你的罪恶，因为他和你的淫邪的血液相去只有二代，所以他必须担负你的不祥的戾气。

约翰王　疯妇，闭嘴！

康斯丹丝　我只有这一句话要说，他不但因为她的罪恶而受难，而且上帝已经使她的罪恶和她自己本身把灾难加在她这隔代的孙儿身上；他必须为她受难，又必须担负她的罪恶；一切的惩罚都降在这孩子的身上，全是因为她的缘故。愿她不得好死！

艾莉诺　你这狂妄的悍妇，我可以给你看一张遗嘱，上面载明取消亚瑟继承的权利。

康斯丹丝　嗯，那是谁也不能怀疑的。一张遗嘱！一张奸恶的遗嘱！一张妇人的遗嘱！一张坏心肠的祖母的遗嘱！

腓力普王　静下来，夫人！停止你的吵闹，安静点儿吧；当着这么多人的面前，尽是这样反复嚷叫，未免有失体统。吹起喇叭来，叫安及尔斯城里的人们出来讲话；让我们听听他们怎么说，究竟他们承认谁是他们合法的君王，亚瑟还是约翰。

　　　　　　　吹喇叭。市民若干人在城墙上出现。

市民甲　谁呼唤我们到城墙上来？

腓力普王　法兰西的国王，代表英格兰向你们说话。

约翰王　英格兰有她自己的代表。安及尔斯的人们，我的亲爱的臣民——

腓力普王　亲爱的安及尔斯的人们，亚瑟的臣民，我们的喇叭呼唤你们来作这次和平的谈判——

约翰王　为了英国的利益；所以先听我们说吧。这些招展在你们城市之前的法国的旌旗，原是到这里来害你们的；这些法国人的大炮里满装着愤怒，已经高高架起，要向你们的城墙喷出凶暴的铁弹。他们准备当着你们城市的眼睛，这些紧闭的城门之前，进行一场流血的围攻和残酷的屠杀；倘不是因为我们来到，这些像腰带一般围绕在你们四周的酣睡的石块，在他们炮火的威力之下，早已四散纷飞，脱离它们用泥灰胶固的眠床，凶恶的暴力早已破坏你们的和平，造成混乱的恐怖了。我们好容易用最快的速度，赶到你们的城前，方才及时阻止了他们的暴行，保全了你们这一座受威胁的城市的完整；瞧，这些法国人看见了我，你们的合法的君王，就吓得愿意举行谈判了；现在他们不再用包裹在火焰中的弹丸使你们的城墙震颤，只是放射一些蒙蔽在烟雾里的和平的字句，迷惑你们的耳朵，使你们把没有信义的欺骗误认为真。所以，善良的市民们，不要相信那套话，让我，你们的君王，进来吧；我的劳苦的精神因为这次马不停蹄的长途跋涉而疲惫，要求在你们的城内暂息征骖。

腓力普王　等我说完以后，你们再答复我们两人吧。瞧！在这右边站着年轻的普兰塔琪纳特，保护他的权利是我对上天发下的神圣誓言，他就是这个人的长兄的儿子，按照名分，他应该是他和他所占有的一切的君王。为了伸张被蹂躏的正义，我们才整饬师旅，涉足在你们的郊野之上；除了被扶弱济困的热情所激动，使我们向这被迫害的孩子伸出援手以外，对你们绝对没有任何的敌意。所以，向这位少年王子致献你们的忠诚吧，这是你们对他应尽的天职。那时候我们的武器就像套上口罩的巨熊一样，只剩下一副狰狞的外形，它们的凶气将要收藏起来；我们的炮火将要向不可摧毁的天空的白云发出徒然的轰击；我们将要全师而退，刀剑无缺，盔甲完好，那准备向你们的城市溅洒的热血，依然保留在我们的胸腔里，无恙而归，让你们和妻子儿女安享和平。可是你们要是执迷不悟，轻视我们的提议，那么即使这些久经征战的英国人都在你们的围城之内，这些古老的城墙也不能保护你们避免战争的荼毒。所以告诉我们，你们愿不愿意接受你们合法的君王，向我们献城投降？还是我们必须发出愤怒的号令，踏着战死者的血迹把你们的城市占领？

市民甲 简单一句话，我们是英格兰国王的子民；为了他和他的权利，我们才坚守着这一座城市。

约翰王 那么承认你们的君王，让我进去吧。

市民甲 那我们可不能；谁能够证明他是真正的国王，我们愿意向他证明我们的忠诚；否则我们将要继续向全世界紧闭我们的门户。

约翰王 英格兰的王冠不能证明我是你们的国王吗？要是那还不足凭信，我给你们带来了见证，三万个生长在英国的壮士——

庶子 私生子也包括在内。

约翰王 可以用他们的生命证明我的权利。

腓力普王　同样多的出身高贵的健儿——

庶子　也有几个私生子在内。

腓力普王　可以站在他的面前驳斥他的僭妄。

市民甲　在你们还没有决定谁的权利更合法以前，为了保持合法者的权利，我们只好同时拒绝你们双方进入。

约翰王　那么在夕露未降以前，为了用残酷的手段判明谁是这王国的合法君主，许多人的灵魂将要奔向他们永久安息的所在，愿上帝宽恕他们的一切罪愆！

腓力普王　阿门，阿门！上马，骑士们！拿起武器来！

庶子　圣乔治①啊，你自从打死了那条恶龙以后，就一直骑在马背上，悬挂在酒店主妇的门前，现在快教给我们一些剑法吧！（向奥地利公爵）喂，要是我在你的窠里，跟你那头母狮在一起，我要在你的狮皮上安一个牛头，让你变成一头四不像的怪妖精。

利摩琪斯　住口！别胡说。

庶子　啊！发抖吧，你听狮子在怒吼了。

约翰王　到山上去，让我们好好地布置我们的阵容。

庶子　那么赶快吧，还是先下手为强。

腓力普王　就这样办；（向路易）你在另外一个山头指挥余众，叫他们坚守阵地。上帝和我们的权利保卫我们！（各下。）

　　　　号角声，两军交锋；随即退却，一名法国传令官率喇叭手至城门前。

法传令官　安及尔斯的人民，大开你们的城门，让布列塔尼公爵，

―――――――――――――――

①圣乔治（St.George），圣徒之一，英国守护神，传说曾杀恶龙。

少年的亚瑟进来吧；他今天借着法兰西的臂助，已经造成许多的惨剧，无数英国的母亲将要为她们僵毙在血泊中的儿子们哭泣，无数寡妇的丈夫倒卧地上，拥抱着变了色的冰冷的泥土。法兰西的飘扬的旗帜夸耀着他们损失轻微的胜利，在一片奏凯声中，他们就要到来，以战胜者的身份长驱直进，宣布布列塔尼的亚瑟为英格兰和你们的君王。

英国传令官率喇叭手上。

英传令官　欢呼吧，安及尔斯的人们，敲起你们的钟来；约翰王，你们和英格兰的君王，今天这一场恶战中的胜利者，快要到来了。当他们从这儿出发的时候，他们的盔甲是那样闪耀着银光，现在他们整队而归，染满了法兰西人的鲜血；没有一片英国人盔上的羽毛被法国的枪尖挑下；高举着我们的旗帜出发的人们，依旧高举着我们的旗帜回来；像一队快乐的猎人，我们这些勇壮的英国人带着一双双殷红的血手，从战场上杀敌回来了。打开你们的城门，让胜利者进来。

市民甲　两位传令官，我们从城楼上，可以从头到尾很清楚地看到你们两军进退的情形；即使用我们最精密的眼光，也不能判断双方的优劣；流血交换流血，打击回答打击，实力对付实力，两边都是旗鼓相当，我们也不能对任何一方意存偏袒。必须有一方面证明它的势力是更强大的；既然你们不分胜败，我们就只好闭门固守，拒绝你们进来，同时也就是为你们双方守住这一座城市。

二王各率军队重上。

约翰王　法兰西，你还有更多的血可以溅洒吗？说，我们合法的权利是否应该畅行无阻？像一道水流一样，因为横遭你的阻碍，我们的愤怒将要泛滥横决，淹没你的堤岸，除非你放任它的银色的波涛顺流直下，倾注在大洋之中。

腓力普王　英格兰，你在这一次激烈的比试里，并没有比我们法国人多保全一滴血；你们的损失比我们更大。我现在凭着我这一只统治这一方土地的手起誓，我们向你举起我们正义的武器，在我们放下武器之前，我们一定要使你屈服，或是在战死者的名单上多添一个国王的名字。

庶子　嘿，君主的威严！当国王们的高贵的血液燃烧起来的时候，那将是怎样的光芒万丈！啊！现在死神的嘴里满插着兵器，兵士们的刀剑便是他的利齿，他的毒牙；在两个国王未决胜负的争战中，他现在要撕碎人肉供他大嚼了。为什么你们两人相对，大家都这样呆呆地站着不动？高声喊杀吧，国王们！回到血染的战场上去，你们这些势均力敌、燃烧着怒火的勇士们！让一方的溃乱奠定另一方的和平；直到那时候，让刀剑、血肉和死亡决定一切吧！

约翰王　哪一方面是市民们所愿意接纳的？

腓力普王　说吧，市民们，为了英格兰的缘故：谁是你们的君王？

市民甲　英格兰的国王是我们的君王，可是我们必须知道谁是真正的国王。

腓力普王　我是他的代表，他的主权就是我现在所要支持的。

约翰王　我就是英王本人，亲自驾临你们的城前，是唯我独尊的君主，也是你们安及尔斯城的主人。

市民甲　一种比我们伟大的力量否认这一切；在我们的怀疑没有

约翰王

消释以前，我们仍然要保持原来的审慎，紧锁我们坚强的城门，让疑虑做我们的君王；除非另有一个确凿的君王来到，这个疑虑的君王是不能被推翻废黜的。

庶子　天哪，这些安及尔斯的贱奴们在玩弄你们哩，两位王上；他们安安稳稳地站在城楼上，就像在戏园子里瞧热闹一般，指手划脚地看你们表演杀人流血的戏剧。请两位陛下听从我的计策，像耶路撒冷城里的暴动分子①一样，暂时化敌为友，用你们联合的力量，向这城市施行你们最严厉的惩罚。让东西两方同时架起英法两国满装着弹药的攻城巨炮，直到它们那使人心惊胆裂的吼声震碎了这傲慢的城市的坚硬的肋骨，把这些贱奴们所倚赖的垣墙摧为平地，使他们像在露天的空气中一般没有保障。这以后你们就可以分散你们联合的力量，举起各自的旗帜，脸对着脸，流血的剑锋对着剑锋，拼一个你死我活；那时候命运之神就可以在片刻之间选择她所宠爱的一方作为她施恩的对象，使他得到光荣的胜利。伟大的君王们，对于这一个狂妄的意见，你们觉得怎样？这不是一个很巧妙的策略吗？

约翰王　苍天在上，我很喜欢这一个计策。法兰西，我们要不要集合我们的力量，把这安及尔斯摧为平地，然后再用战争决定谁是它的君王？

庶子　你也像我们一样受到这愚蠢的城市的侮辱，要是你有一个国王的胆气，把你的炮口转过来对着这傲慢的城墙吧，我

---

　　①公元七十年罗马军攻打耶路撒冷的时候，城里正在进行内战的暴动分子，曾联合起来共同抵御侵略。

们也会和你们一致行动；等我们把它踏成平地以后，那时我们可以再来一决雌雄，杀它一个天昏地暗、日月无光。

腓力普王 就这样吧。说，你们预备向什么地方进攻？

约翰王 我们从西方直捣这城市的心脏。

利摩琪斯 我从北方进攻。

腓力普王 我们将要从南方向这城市抛下我们火雷的弹丸。

庶子 啊，聪明的策略！从北方到南方，奥地利和法兰西彼此对准了各人发射；我要怂恿他们这样干。来，去吧，去吧！

市民甲 请听我们说，伟大的君王们；服从我们的请求，暂驻片刻，我将要贡献你们一个和平合作的方策；不损一剑，不伤一卒，就可以使你们得到这一座城市，让这些准备捐躯在战场上的活跃的生命将来还能寿终正寝。不要固执，听我说，伟大的君王们。

约翰王 说吧，我们愿意听一听你的意见。

市民甲 那位西班牙的女儿，白兰绮郡主，是英王的近亲；瞧吧，路易太子和那位可爱的女郎正是年龄相当的一对。要是英勇的情郎想要物色一位美貌的佳人，什么地方可以找得到比白兰绮更娇艳的？要是忠诚的情郎想要访求一位贞淑的贤媛，什么地方可以找得到比白兰绮更纯洁的？要是野心的情郎想要匹配一位名门的贵女，谁的血管里包含着比白兰绮郡主更高贵的血液？正像她一样，这位少年的太子在容貌、德性和血统上，也都十全十美。要是他有缺陷的话，那就是缺少了这样一个她；她唯一的美中不足，也就是缺少了这样一个他。他只是半个幸福的人，需要她去把他补足；她是一个美妙的全体中的一部分，必须有了他方才完满。啊！像这样两道银色的水流，当它们合而为一的时候，是会使两旁的河岸倍添光彩的；两位国王，你们就是汇聚这两道水流的两道堤岸，要是你们促成了这位王子和这位郡主的良缘。这一个结合对于我们紧闭的城门将要成为比炮火更有力的武器；因为这段婚姻实现以后，无须弹药的威力，我们就会迅速大开我们的门户，欢迎你们进来。要是没有这一段婚姻，我们就要固守我们的城市；怒海不及我们顽强，雄狮不及我们自信，山岩不及我们坚定，不，残暴的死神也不及我们果决。

庶子 这是一个意外的打击，把死神腐烂的尸骸上披着的破碎的衣服都吓得掉下来了！好大的一张嘴；死、山岳、岩石、海水，都被它一口气喷了出来，它讲起怒吼的雄狮，就像十三岁的小姑娘谈到小狗一般熟悉。哪一个炮手生下这强壮的汉子？他的话简直就是冒着浓烟、威力惊人的炮火；他用舌头殴打我们，我们的耳朵都受到他的痛击；他所说的每一个字，都比法国人的拳头更有力量。他妈的！自从我第一次叫我兄弟的父亲做爸爸以来，我从不曾给人家用话打得这样不能动弹过。

艾莉诺 （向约翰王旁白）我儿，听从这一个结合的建议，成全了这门婚事吧；给我的孙女一笔大大的嫁奁；因为凭着这次联姻，可以巩固你现在基础尚未稳定的王位，让那乳臭未干的小儿得不到阳光的照耀，像一朵富于希望的鲜花，结不出灿烂的果实。我看见法王的脸上好像有允从的意思；瞧他们在怎样交头接耳。趁他们心中活动的时候，竭力怂恿怂恿吧，免得一时被婉转的陈辞和天良的愧悔所感动的热诚，在瞬息之间又会冷淡下来，变得和从前一样。

市民甲 两位陛下为什么不答复我们这危城所提出的这一个善意的建议？

腓力普王 让英格兰先说吧，他是最先向这城市发言的。你怎么说？

约翰王 要是这位太子，你的尊贵的令郎，能够在这本美貌的书卷上读到"我爱"的字样，她的嫁奁的价值将要和一个女王相等；安佐和美好的妥伦、缅因、波亚叠以及为我们王冠的威权所及的大海这一边的全部领土，除了现在被我们所包围的这一个城市以外，将要成为她新床上的盛饰，使她拥有无限的尊荣富贵，正像她在美貌、教养和血统上，可以和世上任何一个公主相比一样。

腓力普王 你怎么说，孩子？瞧瞧这位郡主的脸吧。

路易 我在瞧着呢，父王；在她的眼睛里我发现一个奇迹，我看见她的一汗秋水之中，荡漾着我自己的影子，它不过是您儿子的影子，可是却化为一轮太阳，使您的儿子反倒成为它的影子。我平生从不曾爱过我自己，现在在她眼睛的美妙的画板上，看见我自己粉饰的肖像，却不禁顾影自怜了。

（与白兰绮耳语。）

庶子 粉饰的肖像在她眼睛的美妙的画板上！悬挂在她眉梢的颦蹙的皱纹上！站守在她的心头！他等于供认自己是爱情的叛徒，因为他已经被"分尸"、"悬挂"和"斩首"了。可惜高谈着这样的爱情的，却是像他这么一个伧夫俗子。

白兰琦 在这件事上，我的叔父的意志就是我的意志；要是他在您的身上发现有可以使他喜欢您的地方，我也一定会对他表示同意；更适当地说，我要全不费力地强迫我自己喜爱它们。我不愿恭维您，殿下，说我所看到的您的一切都是值得喜爱的；可是我可以这样说一句，即使让鄙俗的思想来评判您，我也找不出您身上有哪一点是值得憎恨的。

约翰王　这一对年轻人怎么说？你怎么说，我的侄女？

白兰绮　一切听凭叔父的高见；您怎么吩咐我，我就怎么做，这是我的本分。

约翰王　那么说吧，太子，你能够爱这个女郎吗？

路易　不，您还是问我能不能不去爱她吧；因为我是最真诚地爱着她的。

约翰王　那么我就给你伏尔克森、妥伦、缅因、波亚叠和安佐五州作为她的妆奁，另外再加增英国国币三万马克①。法兰西的腓力普，要是你满意这样的处置，命令你的佳儿佳妇互相握手吧。

腓力普王　我很满意。我儿和这位年轻的郡主，你们握手吧。

利摩琪斯　把你们的嘴唇也接合起来；因为我记得清清楚楚，当我订婚的时候，我也来过这么一下的。

腓力普王　现在，安及尔斯的市民们，打开你们的城门，你们已经促成我们的和好，让我们双方同时进来吧；因为我们就要在圣玛丽教堂举行婚礼。康斯丹丝夫人不在我们的队伍里吗？我知道她不在这里，因为否则她一定会多方阻挠这一段婚姻的成就。她和她的儿子在什么地方？有谁知道的，请告诉我。

———————————

①英古币名，合十三先令四便士。

路易　她在陛下的营帐里，非常悲哀愤激。

腓力普王　凭良心说，我们这次缔结的联盟，是不能疗治她的悲哀的。英格兰王兄，我们应该怎样安慰安慰这位寡居的夫人？我本来是为了争取她的权利而来，可是上帝知道，我却转换了方向，谋求我自身的利益了。

约翰王　我可以和解一切，因为我要封少年的亚瑟为布列塔尼公爵兼里士满伯爵，同时使他成为这一座富庶的城市的主人。请康斯丹丝夫人过来；差一个急足的使者去叫她来参加我们的婚礼。我相信即使我们不能充分满足她的心愿，至少也可以使她感到相当的满意，停止她的不平的叫嚣。去吧，让我们尽快举行这一次出人意外的盛典。（除庶子外均下；市民们退下城内。）

庶子　疯狂的世界！疯狂的国王！疯狂的和解！约翰为了阻止亚瑟夺取他的全部的权利，甘心把他一部分的权利割舍放弃；法兰西，他是因为受到良心的驱策而披上盔甲的，义侠和仁勇的精神引导着他，使他以上帝的军人自命而踏上战场，却会勾搭上了那个惯会使人改变决心的狡猾的魔鬼，那个专事出卖信义的掮客，那个把国王、乞丐、老人、青年玩弄于股掌之间的毁盟的能手，那个使可怜的姑娘们失去她们一身仅有的"处女"两字空衔的骗子，那个笑脸迎人的绅士，使人心痒骨酥的"利益"。"利益"，这颠倒乾坤的势力；这世界本来是安放得好好的，循着平稳的轨道平稳前进，都是这"利益"，这引人作恶的势力，这动摇不定的"利益"，使它脱离了不偏不颇的正道，迷失了它正当的方向、鹄的和途径；就是这颠倒乾坤的势力，这"利益"，这牵线的淫媒，这掮客，这变化无常的名词，蒙蔽了反复成性的法兰西的肉眼，使他放弃他的援助弱小的决心，从一场坚决的正义的战争，转向一场卑鄙恶劣的和平。为什么我要辱骂这"利益"呢？那只是因为他还没有垂青到我的身上。并不是当灿烂的金银引诱我的手掌的时候，我会有紧握拳头的力量；只是因为我的手还不曾受过引诱，所以才像一个穷苦的乞儿一般，向富人发出他的咒骂。好，当我是一个穷人的时候，我要信口谩骂，说只有富有是唯一的罪恶；要是有了钱，我就要说，只有贫穷才是最大的坏事。既然国王们也会因"利益"而背弃信义；"利益"，做我的君主吧，因为我要崇拜你！

（下。）

第三幕

第一场　　法国。法王营帐

康斯丹丝、亚瑟及萨立斯伯雷上。

康斯丹丝　去结婚啦！去缔结和平的盟约啦！虚伪的血和虚伪的血结合！去做起朋友来啦！路易将要得到白兰绮，白兰绮将要得到这几州的领土吗？不会有这样的事；你一定说错了，听错了。想明白了，再把你的消息重新告诉我。那是不可能的；你不过这样说说罢了。我想我不能信任你，因为你的话不过是一个庸人的妄语。相信我，家伙，我不相信你；我有的是一个国王的盟誓，那是恰恰和你的话相反的。你这样恐吓我，应该得到惩罚，因为我是个多病之人，受不起惊吓；我受尽人家的欺凌，所以我的心里是充满着惊恐的；一个没有丈夫的寡妇，时时刻刻害怕被人暗算；

一个女人，天生的惊弓之鸟；即使你现在承认刚才不过向我开了个玩笑，我的受激动的心灵也不能就此安定下来，它将要整天惊惶而战栗。你这样摇头是什么意思？为什么你用这样悲哀的神情瞧着我的儿子？你把你的手按在你的胸前，这又是什么意思？为什么你的眼睛里噙着满眶的伤心之泪，就像一条水涨的河流，泛滥到它的堤岸之上？这些悲哀的表现果然可以证实你所说的话吗？那么你再说吧；我不要你把刚才所说的全部复述，只要你回答我一句话，你的消息是不是确实的。

萨立斯伯雷 它是全然确实的，正像你说的那班人是全然虚伪的一样；他们的所作所为可以证明我的话全然确实。

康斯丹丝 啊！要是你让我相信这种悲哀的消息，还是让这种悲哀把我杀死了吧。让我这颗相信的心和生命，像两个不共戴天的仇人狭路相逢，在遭遇的片刻之间就同时倒地死去吧。路易要娶白兰绮！啊，孩子！什么地方还有你的立足之处呢？法兰西和英格兰做了朋友，那我可怎么好呢？家伙，去吧！我见了你的脸就生气；这消息已经使你变成一个最丑恶的人。

萨立斯伯雷 好夫人，我不过告诉您别人所干的坏事，我自己可没有干错什么呀。

康斯丹丝 那坏事的本身是那样罪大恶极，谁要是说起了它，也会变成一个坏人。

亚瑟 母亲，请您宽心点儿吧。

康斯丹丝 你还叫我宽心哩！要是你长得又粗恶，又难看，丢尽你母亲的脸；你的身上满是讨厌的斑点和丑陋的疤痕，跛脚、曲背、又黑、又笨，活像个妖怪，东一块西一块的全是些肮脏的黑痣和刺目的肉瘤，那我就可以用不着这样操心；因为我不会爱你，你也有忝你的高贵的身世，不配戴上一顶王冠。可是你长得这样俊美；在你出世的时候，亲爱的孩子，造化和命运协力使你成为一个伟大的人物。百合花和半开的玫瑰是造化给你的礼物；可是命运，啊！她却变了心肠，把你中途抛弃。她时时刻刻都在和你的叔父约翰卖弄风情；她还用她金色的手臂操纵着法兰西，使她蹂躏了君主的尊严，甘心替他们勾引成奸。法兰西是替命运女神和约翰王牵线的淫媒，那无耻的娼妇"命运"，那篡位的僭王约翰！告诉我，家伙，法兰西不是背弃了他的盟誓吗？用恶毒的话把他痛骂一顿，否则你还是去吧，让我一个人独自忍受着这些悲哀。

萨立斯伯雷 恕我，夫人，您要是不跟我同去，叫我怎么回复两位王上呢？

康斯丹丝 你可以一个人回去，你必须一个人回去；我是不愿跟你同去的。我要让我的悲哀骄傲起来；因为忧愁是骄傲成性的，它甚至能压倒它的主人。让国王们聚集到我的面前来吧，因为我的悲哀是如此沉重，除了坚实的大地以外，什么也不能把它载负起来。我在这儿和悲哀坐在一起；这便是我的宝座，叫国王们来向它敬礼吧。（坐于地上。）

　　约翰王、腓力普王、路易、白兰绮、艾莉诺、庶子、奥地利公爵及侍从等上。

腓力普王 真的，贤媳；这一个幸福的日子将要在法兰西永远成为欢乐的节日。为了庆祝今天的喜事，光明的太阳也停留

约
翰
王

在半空之中，做起炼金的术士来，用他宝眼的灵光，把寒伧的土壤变成灿烂的黄金。年年岁岁，这一天永远是一个值得纪念的良辰。

康斯丹丝 （起立）一个邪恶的日子，说什么吉日良辰！这一个日子有些什么值得纪念的功德？它干了些什么好事，值得在日历上用金字标明，和四时的佳节并列？不，还是把这一天从一周之中除去了吧，这一个耻辱、迫害、背信的日子。要是它必须继续存在的话，让怀孕的妇人们祈祷她们腹中的一块肉不要在这一天呱呱坠地，免得她们的希望横遭摧残；除了这一天以外，让水手们不用担忧海上的风波；一切的交易只要不是在这一天缔结的，都可以顺利完成；无论什么事情，凡是在这一天开始的，都要得到不幸的结果，就是真理也会变成空虚的欺诳！

腓力普王 苍天在上，夫人，你没有理由诅咒我们今天美满的成就；我不是早就用我的君主的尊严向你担保过了吗？

康斯丹丝 你用虚有其表的尊严欺骗我，它在一经试验以后，就证明毫无价值。你已经背弃了盟誓，背弃了盟誓；你武装而来，为的是要溅洒我的仇人的血，可是现在你却用你自己的血增强我仇人的力量；战争的猛烈的铁掌和狰狞的怒容，已经在粉饰的和平和友好之下松懈消沉，我们所受的迫害，却促成了你们的联合。举起你们的武器来，诸天的神明啊，惩罚这些背信的国王们！一个寡妇在向你们呼吁；天啊，照顾我这没有丈夫的妇人吧！不要让这亵渎神明的日子在和平中安然度过；在日没以前，让这两个背信的国王发生争执而再动干戈吧！听我！啊，听我！

利摩琪斯　康斯丹丝夫人，安静点儿吧。

康斯丹丝　战争！战争！没有安静，没有和平！和平对于我也是战争。啊，利摩琪斯！啊，奥地利！你披着这一件战利品的血袍，不觉得惭愧吗？你这奴才，你这贱汉，你这懦夫！你这怯于明枪、勇于暗箭的奸贼！你这借他人声势，长自己威风的恶徒！你这投机取巧、助强凌弱的小人！你只知道趋炎附势，你也是个背信的家伙。好一个傻瓜，一个激昂慷慨的傻瓜，居然也会向我大言不惭，举手顿足，指天誓日地愿意为我尽力！你这冷血的奴才，你不是曾经用怒雷一般的音调慷慨声言，站在我这一方面吗？你不是发誓做我的兵士吗？你不是叫我信赖你的星宿，你的命运和你的力量吗？现在你却转到我的敌人那边去了？你披着雄狮的毛皮！羞啊！把它剥下来，套一张小牛皮在你那卑怯的肢体上吧！

利摩琪斯　啊！要是一个男人向我说这种话，我可是不答应的。

庶子　套一张小牛皮在你那卑怯的肢体上吧！

利摩琪斯　你敢这样说，混蛋，你不要命了吗？

庶子　套一张小牛皮在你那卑怯的肢体上吧！

约翰王　我不喜欢你这样胡说；你忘记你自己了。

　　　　　　潘杜尔夫上。

腓力普王　教皇的圣使来了。

潘杜尔夫　祝福，你们这两位受命于天的人君！约翰王，我要向你传达我的神圣的使命。我，潘杜尔夫，米兰的主教，奉英诺森教皇的钦命来此，凭着他的名义，向你提出严正的质问，为什么你对教会，我们的圣母，这样存心藐视；

为什么你要用威力压迫那被选为坎特伯雷大主教的史蒂芬·兰顿，阻止他就任圣职？凭着我们圣父英诺森教皇的名义，这就是我所要向你质问的。

约翰王 哪一个地上的名字可以向一个不受任何束缚的神圣的君王提出质难？主教，你不能提出一个比教皇更卑劣猥琐荒谬的名字来要求我答复他的讯问。你就这样回报他；从英格兰的嘴里，再告诉他这样一句话：没有一个意大利的教士可以在我们的领土之内抽取捐税；在上帝的监临之下，我是最高的元首，凭借主宰一切的上帝所给予我的权力，我可以独自统治我的国土，无须凡人的协助。你就把对教皇和他篡窃的权力的崇敬放在一边，这样告诉他吧！

腓力普王 英格兰王兄，你说这样的话是亵渎神圣的。

约翰王 虽然你和一切基督教国家的君主都被这好管闲事的教士所愚弄，害怕那可以用金钱赎回的咒诅，凭着那万恶的废物金钱的力量，向一个擅自出卖赦罪文书的凡人购买一纸豁免罪恶的左道的符箓；虽然你和一切被愚弄的君主不惜用捐税维持这一种欺人的巫术，可是我要用独自的力量反对教皇，把他的友人认为我的仇敌。

潘杜尔夫 那么，凭着我所有的合法的权力，你将要受到上天的咒诅，被摈于教门之外。凡是向异教徒背叛的人，上天将要赐福于他；不论何人，能够用任何秘密的手段取去你的可憎的生命的，将被称为圣教的功臣，死后将要升入圣徒之列。

康斯丹丝 啊！让我陪着罗马发出我的咒诅，让我的咒诅也成为合法吧。好主教神父，在我的刻毒的咒诅以后，请你高声回应阿门；因为没有受到像我所受这样的屈辱，谁也没有力量可以给他适当的咒诅。

潘杜尔夫 我的咒诅，夫人，是法律上所许可的。

康斯丹丝 让法律也许可我的咒诅吧；当法律不能主持正义的时候，至少应该让被害者有倾吐不平的合法权利。法律不能使我的孩子得到他的王国，因为占据着他的王国的人，同时也一手把持着法律。所以，法律的本身既然是完全错误，法律怎么能够禁止我的舌头咒诅呢？

潘杜尔夫 法兰西的腓力普，要是你不愿受咒诅，赶快放开那异教元凶的手，集合法国的军力向他讨伐，除非他向罗马降服。

艾莉诺 你脸色变了吗，法兰西？不要放开你的手。

康斯丹丝 留点儿神，魔鬼，要是法兰西悔恨了，缩回手去，地狱里就要失去一个灵魂。

利摩琪斯 腓力普王，听从主教的话。

庶子 套一张小牛皮在他那卑怯的肢体上。

利摩琪斯 好，恶贼，我必须暂时忍受这样的侮辱，因为——

庶子 你可以把这些侮辱藏在你的裤袋里。

约翰王 腓力普，你对这位主教怎么说？

康斯丹丝 他除了依从主教以外，还有什么话好说？

路易 想一想吧，父亲；我们现在所要抉择的，是从罗马取得一个重大的咒诅呢，还是失去英国的轻微的友谊。在这两者之间，我们应该舍轻就重。

白兰绮 轻的是罗马的咒诅，重的是英国的友谊。

康斯丹丝 啊，路易，抱定你的主见！魔鬼化成一个长发披肩的新娘的样子，在这儿诱惑你了。

白兰绮　康斯丹丝夫人所说的话，并不是从良心里发出来的，只是出于她自己的私怨。

康斯丹丝　啊，如果你承认我确有私怨，这种私怨的产生正是由于良心的死亡，因此你可以得出这样的结论：在我的私怨死去后，良心会重生；那么把我的私怨压下去，让良心振作起来吧；在我的私怨还在发作的时候，良心是受到践踏的。

约翰王　法王的心里有些动摇，他不回答这一个问题。

康斯丹丝　啊！离开他，给大家一个好好的答复。

利摩琪斯　决定吧，腓力普王，不要再犹疑不决了。

庶子　还是套上一张小牛皮吧，最可爱的蠢货。

腓力普王　我全然迷惑了，不知道应该怎么说才好。

潘杜尔夫　要是你被逐出教，受到咒诅，那时才更要心慌意乱哩。

腓力普王　好神父，请你设身处地替我想一想，告诉我要是你站在我的地位上，将要采取怎样的措置。这一只尊贵的手跟我的手是新近紧握在一起的，我们互相结合的灵魂，已经凭着神圣的盟誓的一切庄严的力量联系起来；我们最近所发表的言语，是我们两国之间和我们两王本人之间永矢不渝的忠诚、和平、友好和信爱；当这次和议成立不久以前，天知道，我们释嫌修好的手上还染着没有洗去的战血，无情的屠杀在我们手上留下了两个愤怒的国王的可怕的斗争的痕迹；难道这一双新近涤除血腥气、在友爱中连接的同样强壮的手，必须松开它们的紧握，放弃它们悔祸的诚意吗？难道我们必须以誓言为儿戏，欺罔上天，使自己成为反复其手、寒盟背信的小人，让和平的合欢的枕席为大军的铁蹄所蹂躏，使忠诚的和蔼的面容含羞掩泣？啊！圣师，我的神父，让我们不要有这样的事！求你大发慈悲，收回成命，考虑一个比较温和的办法，使我们乐于遵从你的命令，同时可以继续保持我们的友谊。

潘杜尔夫 除了和英国敌对以外，一切命令都是不存在的。所以拿起武器来吧！为保卫我们的教会而战，否则让教会，我们的母亲，向她叛逆的儿子吐出她的咒诅，一个母亲的咒诅。法兰西，你可以握住毒蛇的舌头，怒狮的脚掌，饿虎的牙齿，可是和这个人握手言欢，是比那一切更危险的。

腓力普王 我可以收回我的手，可是不能取消我的誓言。

潘杜尔夫 那你就是要使忠信成为忠信的敌人，使盟誓和盟誓自相争战，使你的舌头反对你的舌头。啊！你应该最先履行你最先向上天所发的誓，那就是做保卫我们教会的战士。你后来所发的盟誓是违反你的本心的，你没有履行它的义务；因为一个人发誓要干的假如是一件坏事，那么反过来作好事就不能算是罪恶；对一件做了会引起恶果的事情，不予以履行恰恰是忠信的表现。与其向着错误的目标前进，不如再把这目标认错了，也许可以从间接的途径达到正当的大道，欺诳可以医治欺诳，正像火焰可以使一个新患热病的人浑身的热气冷却。宗教的信心是使人遵守誓言的唯一的力量，可是你所发的誓言，却和宗教作对；你既然发誓反对你原来的信誓，现在竟还想以誓言做你忠信的保证吗？当你不能肯定所发的誓言是否和忠信有矛盾的时候，那么一切誓言就要以不背弃原来的信誓为前提！不然发誓

约翰王

岂不成了一桩儿戏？但你所发的誓却恰恰背弃了原来的信誓；要再遵守它就是进一步的背信弃义。那样自相矛盾的誓言，是对于你自身的叛变，你应该秉持你的忠贞正大的精神，征服这些轻率谬妄的诱惑，我们将要用祈祷为你的后援，如果你肯于听从。不然的话，我们沉重的咒诅将要降临在你身上，使你无法摆脱，在它们黑暗的重压下绝望而死。

利摩琪斯　叛变，全然的叛变！

庶子　怎么？一张小牛皮还堵不了你的嘴吗？

路易　父亲，作战吧！

白兰绮　在你结婚的日子，向你妻子的亲人作战吗？什么！我们的喜宴上将要充满被杀的战士吗？叫嚣的喇叭，粗暴的战鼓，这些地狱中的喧声，将要成为我们的婚乐吗？啊，丈夫，听我说！唉！这丈夫的称呼，在我的嘴里是多么新鲜，直到现在，我的舌头上还不曾发出过这两个字眼；即使为了这一个名义的缘故，我向你跪下哀求，不要向我的叔父作战吧。

康斯丹丝　啊！我屈下我那因久跪而僵硬的膝盖向你祈求，你贤明的太子啊，不要变更上天预定的判决。

白兰绮　现在我可以看出你的爱情来了；什么力量对于你比你妻子的名字更能左右你的行动？

康斯丹丝　那支持着他，也就是你所倚为支持的人的荣誉。啊！你的荣誉，路易，你的荣誉！

路易　陛下，这样有力的理由敦促着您，您还像是无动于衷，真叫我奇怪。

潘杜尔夫　我要向他宣告一个咒诅。

腓力普王　你没有这样的必要。英格兰，我决定和你绝交了。

康斯丹丝　啊，已失的尊严光荣地挽回了！

艾莉诺　啊，反复无常的法兰西的卑劣的叛变！

约翰王　法兰西，你将要在这个时辰内悔恨你这时所造成的错误。

庶子　时间老人啊，你这钟匠，你这秃顶的掘墓人，你真能随心
　　　　所欲地摆弄一切吗？那么好，法兰西将要悔恨自己的错误。

白兰绮　太阳为一片血光所笼罩，美好的白昼，再会吧！我应该
　　　　跟着哪一边走呢？我是两方面的人，两方的军队各自握着
　　　　我的一只手；任何一方我都不能释手，在他们的暴怒之中，
　　　　像旋风一般，他们南北分驰，肢裂了我的身体。丈夫，我
　　　　不能为你祈祷胜利；叔父，我必须祈祷你的失败；公公，
　　　　我的良心不容许我希望你得到幸运；祖母，我不希望你的
　　　　愿望得到满足。无论是谁得胜，我将要在得胜的那一方失
　　　　败；决战还没有开始，早已注定了我的不幸的命运。

路易　妻子，跟我去；你的命运是寄托在我的身上的。

白兰绮　我的命运存在之处，也就是我的生命沦亡的所在。

约翰王　侄儿，你去把我们的军队集合起来。（庶子下）法兰西，
　　　　我的胸头燃烧着熊熊的怒火，除了血，法兰西的最贵重的
　　　　血以外，什么也不能平息它的烈焰。

腓力普王　在我们的血还没有把你的火浇灭以前，你自己的怒气
　　　　将要把你烧成灰烬。小心点儿，你的末日就在眼前了。

约翰王　说这样的话恫吓人，他自己的死期怕也不远了。让我们
　　　　各自去准备厮杀吧！（各下。）

约
翰
王

第二场　同前。安及尔斯附近平原

　　　　号角声；两军交锋。庶子提奥地利公爵首级上。

庶子　嗳哟，今天热得好厉害！天空中一定有什么魔鬼在跟我们
　　　故意捣乱。奥地利的头在这儿，腓力普却还好好地活着。

　　　　约翰王、亚瑟及赫伯特上。

约翰王　赫伯特，把这孩子看守好了。腓力普，快去，我的母亲
　　　在我们营帐里被敌人攻袭，我怕她已经给他们掳去了。

庶子　陛下，我已经把太后救出；她老人家安全无恙，您放心吧。
　　　可是冲上去，陛下；不用再费多大力气，我们就可以胜利
　　　完成我们今天的战果。（同下。）

第三场　同前

　　　　号角声；两军交锋；吹号归队。约翰王、艾莉诺、亚
　　　瑟、庶子、赫伯特及群臣等上。

约翰王　（向艾莉诺）就这样吧；请母后暂时留守，坚强的兵力可
　　　以保卫您的安全。（向亚瑟）侄儿，不要满脸不高兴，你
　　　的祖母疼你，你的叔父将要像你的父亲一样爱护你。

亚瑟　啊！我的母亲一定要伤心死了。

约翰王　（向庶子）侄儿，你先走一步，赶快到英国去吧！在我们
　　　没有到来以前，你要把那些聚敛的僧正们的肥满的私囊一
　　　起倒空，让被幽囚的财神重见天日；他们靠着国家升平的
　　　福，养得肠肥脑满，现在可得把他们的肉拿出来给饥饿的

人们吃了。全力执行我的命令，不要宽纵了他们。

庶子 当金子银子招手叫我上前的时候，铃铎、《圣经》和蜡烛都不能把我赶退。陛下，我去了。祖母，要是我有时也会想起上帝，我会祈祷您的平安的；让我向您吻手辞别。

艾莉诺 再会，贤孙。

约翰王 侄儿，再会。（庶子下。）

艾莉诺 过来，小亲人，听我说句话。（携亚瑟至一旁。）

约翰王 过来，赫伯特。啊，我的好赫伯特，我受你的好处太多啦；在这肉体的围墙之内，有一个灵魂是把你当作他的债主的，他预备用加倍的利息报偿你的忠心。我的好朋友，你的发自忠诚的誓言，深深地铭刻在我的胸头。把你的手给我。我有一件事要说，可是等适当的时候再说吧。苍天在上，赫伯特，我简直不好意思说我是多么看重你。

赫伯特 我的一切都是陛下的恩赐。

约翰王 好朋友，你现在还没有理由说这样的话，可是有一天你将会有充分的理由这样说；不论时间爬行得多么迂缓，总有一天我要大大地照顾你。我有一件事情要说，可是让它去吧。太阳高悬在天空，骄傲的白昼耽于世间的欢娱，正在嬉戏酣游，不会听我的说话；要是午夜的寒钟启动它的铜唇铁舌，向昏睡的深宵发出一响嘹亮的鸣声；要是我们所站的这一块土地是一块墓地；要是你的心头藏着一千种的冤屈，或者那阴沉的忧郁凝结了你的血液，使它停止轻快的跳动，使你的脸上收敛了笑容，而那痴愚无聊的笑容，对于我是可憎而不相宜的；或者，要是你能够不用眼睛看我，不用耳朵听我，不用舌头回答我，除了用心灵的冥会

约翰王

传达我们的思想以外，全然不凭借眼睛、耳朵和有害的言语的力量；那么，即使在众目昭彰的白昼，我也要向你的心中倾吐我的衷肠；可是，啊！我不愿。然而我是很喜欢你的；凭良心说，我想你对我也很忠爱。

赫伯特 苍天在上，陛下无论吩咐我干什么事，即使因此而不免一死，我也决不推辞。

约翰王 我难道不知道你会这样吗？好赫伯特！赫伯特，赫伯特，转过你的眼去，瞧瞧那个孩子。我告诉你，我的朋友，他是挡在我路上的一条蛇；无论我的脚踏到什么地方，他总是横卧在我的前面。你懂得我的意思吗？你是他的监守人。

赫伯特 我一定尽力监守他，不让他得罪陛下。

约翰王 死。

赫伯特 陛下？

约翰王 一个坟墓。

赫伯特 他不会留着活命。

约翰王 够了。我现在可以快乐起来了。赫伯特，我喜欢你；好，我不愿说我将要给你怎样的重赏；记着吧。母后，再会；我就去召集那些军队来听候您的支配。

艾莉诺 我的祝福一路跟随着你！

约翰王 到英国去，侄儿，去吧。赫伯特将要侍候你，他会尽力照料你的一切。喂！传令向卡莱进发！（同下。）

第四场　同前。法王营帐

腓力普王、路易、潘杜尔夫及侍从等上。

腓力普王　海上掀起一阵飓风，一整队失利的战舰就这样被吹得四散溃乱了。

潘杜尔夫　不要灰心！一切还可以有转机。

腓力普王　我们失利到这步田地，还有什么转机？我们不是打败了吗？安及尔斯不是失去了吗？亚瑟不是给掳去了吗？好多亲爱的朋友不是战死了吗？凶恶的约翰王不是冲破了法军的阻碍，回到英国去了吗？

路易　凡是他所克服的土地，他都设下坚强的防御；行动那么迅速，布置又那么周密，在这样激烈的鏖战之中，能够有这样镇静的调度，真是极少前例的。谁曾经从书本上读到过，或是从别人的嘴里听到过与此类似的行动？

腓力普王　我可以容忍英格兰得到这样的赞美，只要我们也能够替我们的耻辱找到一些前例。

康斯丹丝上。

腓力普王　瞧，谁来啦！一个灵魂的坟墓；虽然她已厌弃生命，却不能不把那永生的精神锁闭在痛苦喘息的牢狱之中。夫人，请你跟我去吧。

康斯丹丝　瞧！现在瞧你们和平的结果。

腓力普王　忍耐，好夫人！安心，温柔的康斯丹丝！

康斯丹丝　不，我蔑视一切的劝告，一切的援助；我只欢迎那终结一切劝告的真正的援助者，死，死。啊，和蔼可爱的

约翰王

死！你芬芳的恶臭！健全的腐败！从那永恒之夜的卧榻上起来吧，你幸运者的憎恨和恐怖！就要吻你丑恶的尸骨，把我的眼球嵌在你那空洞的眼眶里，让蛆虫绕在我的手指上，用污秽的泥土塞住这呼吸的门户，使我自己成为一个和你同样腐臭的怪物。来，向我狞笑吧；我要认为你在微笑，像你的妻子一样吻你！受难者的爱人，啊！到我身边来！

腓力普王　啊，苦恼的好人儿，安静点吧！

康斯丹丝　不，不，只要有一口气可以呼喊，我是不愿意安静下来的。啊！但愿我的舌头装在雷霆的嘴里！那时我就要用巨声震惊世界；把那听不见一个女人的微弱的声音，不受凡人召唤的狰狞的枯骨从睡梦中唤醒。

潘杜尔夫　夫人，你的话全然是疯狂，不是悲哀。

康斯丹丝　你是一位神圣的教士，不该这样冤枉我；我没有疯。我扯下的这绺头发是我的；我的名字叫做康斯丹丝；我是吉弗雷的妻子；小亚瑟是我的儿子，他已经失去了！我没有疯；我巴不得祈祷上天，让我真的疯了！因为那时候我多半会忘了我自己；啊！要是我能够忘了我自己，我将要忘记多少悲哀！教诲我一些使我疯狂的哲理，主教，你将因此而被封为圣徒；因为我现在还没有疯，还有悲哀的感觉，我的理智会劝告我怎样可以解除这些悲哀，教我或是自杀，或是上吊。假如我疯了，我就会忘记我的儿子，或是疯狂地把一个布片缝成的娃娃当作是他。我没有疯。每一次灾祸的不同的痛苦，我都感觉得太清楚、太清楚了。

腓力普王　把你的头发束起来。啊！在她这一根根美好的头发之间，存在着怎样的友爱！只要偶然有一颗银色的泪点落在它们上面，一万缕亲密的金丝就会胶合在一起，表示它们共同的悲哀；正像忠实而不可分的恋人们一样，在患难之中也不相遗弃。

康斯丹丝 杀到英国去吧，要是你愿意的话。

腓力普王 把你的头发束起来。

康斯丹丝 是的，我要把它们束起来。为什么我要把它们束起来呢？当我扯去它们的束缚的时候，我曾经高声呼喊，"啊！但愿我这一双手也能够救出我的儿子，正像它们使这些头发得到自由一样！"可是现在我却妒恨它们的自由，我要把它们重新束缚起来，因为我那可怜的孩子是一个囚人。主教神父，我曾经听见你说，我们将要在天堂里会见我们的亲友。假如那句话是真的，那么我将会重新看见我的儿子；因为自从第一个男孩子该隐的诞生起，直到在昨天夭亡的小儿为止，世上从来不曾生下过这样一个美好的人物。可是现在悲哀的蛀虫将要侵蚀我的娇蕊，逐去他脸上天然的美丽；他将要形销骨立，像一个幽魂或是一个患虐病的人；他将要这样死去；当他从坟墓中起来，我在天堂里会见他的时候，我再也不会认识他；所以我永远、永远不能再看见我的可爱的亚瑟了！

潘杜尔夫 你把悲哀过分重视了。

康斯丹丝 从来不曾生过儿子的人，才会向我说这样的话。

腓力普王 你喜欢悲哀，就像喜欢你的孩子一样。

康斯丹丝 悲哀代替了不在我眼前的我的孩子的地位；它躺在他的床上，陪着我到东到西，装扮出他的美妙的神情，复述

约翰王

他的言语，提醒我他一切可爱的美点，使我看见他的遗蜕的衣服，就像看见他的形体一样，所以我是有理由喜欢悲哀的。再会吧；要是你们也遭到像我这样的损失，我可以用更动听的言语安慰你们。我不愿梳理我头上的乱发，因为我的脑海里是这样紊乱混杂。主啊！我的孩子，我的亚瑟，我的可爱的儿！我的生命，我的欢乐，我的粮食，我的整个的世界！我的寡居的安慰，我的销愁的药饵！（下。）

腓力普王　我怕她会干出些什么意外的事情来，我要跟上去瞧瞧她。（下。）

路易　这世上什么也不能使我快乐。人生就像一段重复叙述的故事一般可厌，扰乱一个倦怠者的懒洋洋的耳朵；辛酸的耻辱已经损害了人世的美味，除了耻辱和辛酸以外，它便一无所有。

潘杜尔夫　在一场大病痊愈以前，就在开始复原的时候，那症状是最凶险的；灾祸临去之时，它的毒焰也最为可怕。你们今天战败了，有些什么损失呢？

路易　一切光荣、快乐和幸福的日子。

潘杜尔夫　要是你们这次得到胜利，这样的损失倒是免不了的。不，不，当命运有心眷顾世人的时候，她会故意向他们怒目而视。约翰王在这次他所自以为大获全胜的战争中，已经遭到了多大的损失，恐怕谁也意想不到。你不是因为亚瑟做了他的俘虏而伤心吗？

路易　我从心底里悲伤，正像捉了他去的人满心喜欢一样。

潘杜尔夫　你的思想正像你的血液一样年轻。现在听我用预言者的精神宣告吧；因为从我的言语中所发出的呼吸，也会替你扫除你的平坦的前途上的每一粒尘土、每一根草秆和每一种小小的障碍，使你安然达到英国的王座；所以听着吧。约翰已经捉住了亚瑟，当温暖的生命活跃在那婴孩的血管里的时候，窃据非位的约翰决不会有一小时、一分钟或是一口气的安息。用暴力攫取的威权必须用暴力维持；站在易于滑跌的地面上的人，不惜抓住一根枯朽的烂木支持他的平稳。为要保全约翰的地位，必须让亚瑟倾覆；这是必然的结果，就让它这样吧。

路易　可是亚瑟倾覆以后，对我有什么利益呢？

潘杜尔夫　凭着你妻子白兰绮郡主所有的权利，你可以提出亚瑟所提的一切要求。

路易　像亚瑟一样，王位没有夺到，却把生命和一切全都牺牲了。

潘杜尔夫　你在这一个古老的世界上是多么少不更事！约翰在替你设谋定计；时势在替你造成机会；因为他为了自身的安全而溅洒了纯正的血液，他将会发现他的安全是危险而不可靠的。这一件罪恶的行为将会冷淡了全体人民对他的好感，使他失去他们忠诚的拥戴；他们将会抓住任何微细的机会，打击他的治权。每一次天空中星辰的运转，每一种自然界的现象，每一个雷雨阴霾的日子，每一阵平常的小风，每一件惯有的常事，他们都要附会曲解，说那些都是流星陨火、天灾地变、非常的预兆以及上帝的垂示，在明显地宣布对约翰的惩罚。

路易　也许他不会伤害小亚瑟的生命，只是把他监禁起来。

潘杜尔夫　啊！殿下，当他听见你的大军压境的时候，小亚瑟倘

约
翰
王

不是早已殒命，这一个消息也会使他不免于一死。那时候他的民心就要离弃他，欢迎新来的主人，从约翰的流血的指尖，挑出叛变和怨怒的毒脓来了。我想这一场骚乱已经近在眼前；啊！对于你还有什么比这更好的机会？那福康勃立琪家的庶子正在搜掠教会，不顾人道的指责；只要有十二个武装的法国人到了那边，振臂一呼，就会有一万个英国人前来归附他们，就像一个小小的雪块，在地上滚了几滚，立刻变成一座雪山一样。啊，尊贵的太子！跟我去见国王吧。现在他们的灵魂里已经罪恶贯盈，从他们内部的不安之中，我们可以造成一番怎样惊人的局面！到英国去吧；让我先去鼓动你的父王。

路易 有力的理由造成有力的行动；我们去吧。只要您说一声是，我的父王决不会说不的。（同下。）

第四幕

第一场　诺桑普敦。堡中一室

赫伯特及二侍从上。

赫伯特　把这两块铁烧红了，站在这帏幕的后面；听见我一跺脚，你们就出来，把那孩子缚紧在椅上，不可有误。去，留心着吧。

侍从甲　我希望您确实得到了指令，叫我们这样干。

赫伯特　卑劣的猜疑！你放心吧，瞧我好了。（二侍从下）孩子，出来；我有话跟你说。

亚瑟上。

亚瑟　早安，赫伯特。

赫伯特　早安，小王子。

亚瑟　我这王子确实很小，因为我的名分本来应该使我大得多的。

怎么？你看来不大高兴。

赫伯特 嗯，我今天确实没有平常那么高兴。

亚瑟 嗳哟！我想除了我以外，谁也不应该不快乐的。可是我记得我在法国的时候，少年的公子哥儿们往往只为了游荡过度的缘故，变得像黑夜一般忧郁。凭着我的基督徒身份起誓，要是我出了监狱做一个牧羊人，我一定会一天到晚快快乐乐地不知道有什么忧愁。我在这里本来也可以很开心，可是我疑心我的叔父会加害于我；他怕我，我也怕他。我是吉弗雷的儿子，这难道是我的过失吗？不，不是的；我但愿上天使我成为您的儿子，要是您愿意疼我的话，赫伯特。

赫伯特 （旁白）要是我跟他谈下去，他这种天真的饶舌将会唤醒我的已死的怜悯；所以我必须把事情赶快办好。

亚瑟 您不舒服吗，赫伯特？您今天的脸色不大好看。真的，我希望您稍微有点儿不舒服，那么我就可以终夜坐在您床边陪伴您了。我敢说我爱您是胜过您爱我的。

赫伯特 （旁白）他的话已经打动我的心。——读一读这儿写着的字句吧，小亚瑟。（出示文书，旁白）怎么，愚蠢的眼泪！你要把无情的酷刑撵出去吗？我必须赶快动手，免得我的决心化成温柔的妇人之泪，从我的眼睛里滚了下来——你不能读吗？它不是写得很清楚吗？

亚瑟 像这样邪恶的主意，赫伯特，是不该写得这样清楚的。您必须用烧热的铁把我的两只眼睛一起烫瞎吗？

赫伯特 孩子，我必须这样做。

亚瑟 您真会这样做吗？

赫伯特 真会。

亚瑟 您能这样忍心吗？当您不过有点儿头痛的时候，我就把我的手帕替您扎住额角，那是我所有的一块最好的手帕，一位公主亲手织成送我的，我也从不曾问您要过；半夜里我还用我的手捧住您的头，像不息的分钟用它嘀嗒的声音安慰那沉重的时辰一样，我不停地问着您，"您要些什么？""您什么地方难受？"或是"我可以帮您做些什么事？"许多穷人家的儿子是会独自睡觉，不来向您说一句好话的；可是您却有一个王子侍候您的疾病。呃，您也许以为我的爱出于假意，说它是狡猾的做作，那也随您的便吧。要是您必须虐待我是上天的意旨，那么我只好悉听您的处置。您要烫瞎我的眼睛吗？这一双从来不曾、也永远不会向您怒视的眼睛？

赫伯特 我已经发誓这样干了；我必须用热铁烫瞎你的眼睛。

亚瑟 啊！只有这顽铁时代的人才会干这样的事！铁块它自己虽然烧得通红，当它接近我的眼睛的时候，也会吸下我的眼泪，让这些无罪的水珠浇熄它的怒焰；而且它将要生锈而腐烂，只是因为它曾经容纳着谋害我的眼睛的烈火。难道您比锤打的顽铁还要冷酷无情吗？要是一位天使下来告诉我，赫伯特将要烫瞎我的眼睛，我也决不会相信他，只有赫伯特亲口所说的话才会使我相信。

赫伯特 （顿足）出来！

二侍从持绳、烙铁等重上。

赫伯特 照我吩咐你们的做吧。

亚瑟 啊！救救我，赫伯特，救救我！这两个恶汉的凶暴的面貌，

约
翰
王

已经把我的眼睛吓得睁不开了。

赫伯特　喂，把那烙铁给我，把他绑在这儿。

亚瑟　唉！你们何必这样凶暴呢？我又不会挣扎；我会像石头一般站住不动。看在上天的面上，赫伯特，不要绑我！不，听我说，赫伯特，把这两个人赶出去，我就会像一头羔羊似的安静坐下；我会一动不动，不躲避，也不说一句话，也不向这块铁怒目而视。只要您把这两个人撵走，无论您给我怎样的酷刑，我都可以宽恕您。

赫伯特　去，站在里边；让我一个人处置他。

侍从甲　我巴不得不参加这种事情。（二侍从下。）

亚瑟　唉！那么我倒把我的朋友赶走了；他的面貌虽然凶恶，他的心肠却是善良的。叫他回来吧，也许他的恻隐之心可以唤醒您的同情。

赫伯特　来，孩子，准备着吧。

亚瑟　没有挽回的余地了吗？

赫伯特　没有，你必须失去你的眼睛。

亚瑟　天啊！要是您的眼睛里有了一粒微尘、一点粉屑、一颗泥沙、一只小小的飞虫、一根飘荡的游丝，妨碍了您那宝贵的视觉，您就会感到这些微细的东西也会给人怎样的难堪，那么像您现在这一种罪恶的决意，应该显得多么残酷。

赫伯特　这就是你给我的允许吗？得了，你的舌头不要再动了。

亚瑟　为一双眼睛请命，是需要两条舌头同时说话的。不要叫我停住我的舌头；不要，赫伯特！或者您要是愿意的话，赫伯特，割下我的舌头，让我保全我的眼睛吧。啊！饶赦我的眼睛，即使它们除了对您瞧看以外，一点没有别的用处。

瞧！不骗您，那刑具也冷了，不愿意伤害我。

赫伯特　我可以把它烧热的，孩子。

亚瑟　不，真的，那炉中的火也已经因为悲哀而死去了；上天造下它来本来为要给人温暖，你们却利用它做非刑的工具。不信的话，您自己瞧吧：这块燃烧的煤毫无恶意，上天的气息已经吹灭它的活力，把忏悔的冷灰撒在它的头上了。

赫伯特　可是我可以用我的气息把它重新吹旺，孩子。

亚瑟　要是您把它吹旺了，赫伯特，您不过使它对您的行为感觉羞愧而胀得满脸通红。也许它的火星会跳进您的眼里，正像一头不愿争斗的狗，反咬那唆使它上去的主人一样。一切您所用来伤害我的工具，都拒绝执行它们的工作；凶猛的火和冷酷的铁，谁都知道它们是残忍无情的东西，也会大发慈悲，只有您才没有一点怜悯之心。

赫伯特　好，做一个亮眼的人活着吧；即使你的叔父把他所有的钱财一起给我，我也不愿碰一碰你的眼睛；尽管我已经发过誓，孩子，的确预备用这烙铁烫瞎它们。

亚瑟　啊！现在您才像个赫伯特，刚才那一会儿您都是喝醉的。

赫伯特　静些！别说了。再会。你的叔父必须知道你已经死去；我要用虚伪的消息告诉这些追踪的密探。可爱的孩子，安安稳稳地睡吧，整个世界的财富，都不能使赫伯特加害于你。

亚瑟　天啊！我谢谢您，赫伯特。

赫伯特　住口！别说了，悄悄地跟我进去。我为你担着莫大的风险呢！（同下。）

约翰王

第二场　同前。宫中大厅

　　　　约翰王戴王冠，彭勃洛克、萨立斯伯雷及群臣等上。
王就座。

约翰王　我在这儿再度升上我的宝座，再度戴上我的王冠，我希
望再度为欢悦的眼睛所瞻仰。

彭勃洛克　这"再度"两字，虽然为陛下所乐用，其实是多余
的；您已经加过冕了，您的至高的威权从来不曾失坠，臣
民拥戴的忠诚从来不曾动摇；四境之内，没有作乱的阴谋，
也没有人渴望着新的变化和改革。

萨立斯伯雷　所以，炫耀着双重的豪华，在尊贵的爵号之上添加
饰美的谀辞，把纯金镀上金箔，替纯洁的百合花涂抹粉彩，
紫罗兰的花瓣上浇洒人工的香水，研磨光滑的冰块，或是
替彩虹添上一道颜色，或是企图用微弱的烛火增加那灿烂
的太阳的光辉，实在是浪费而可笑的多事。

彭勃洛克　倘不是陛下的旨意必须成就，这一种举动正像重讲一
则古老的故事，因不合时宜，而在复述中显得絮烦可厌。

萨立斯伯雷　那为众人所熟识的旧日的仪式，已经在这次典礼中
毁损了它纯真的面目；像扯着满帆的船遇到风势的转变一
样，它迷惑了人们思想的方向，引起种种的惊疑猜虑，不
知道披上这一件崭新的衣裳是什么意思。

彭勃洛克　当工人们拼命想把他们的工作做得格外精巧的时候，
因为贪心不足的缘故，反而给他们原有的技能带来损害；
为一件过失辩解，往往使这过失显得格外重大，正像用布

块缝补一个小小的窟窿眼儿，反而欲盖弥彰一样。

萨立斯伯雷　在陛下这次重新加冕以前，我们就已经提出过这样的劝告；可是陛下不以为然，那我们当然只有仰体宸衷，不敢再持异议，因为在陛下的天聪独断之前，我们必须捐弃一切个人的私见。

约翰王　这一次再度加冕的一部分理由，我已经对你们说过了，我想这些理由都是很有力的；等我的忧虑减除以后，我还可以告诉你们一些更有力的理由。现在你们只要向我提出任何改革的建议，你们就可以看出我是多么乐于采纳你们的意见，接受你们的要求。

彭勃洛克　那么我就代表这里的一切人们，说出他们心里所要说的话；为我自己、为他们，但更重要的是：为了我们大家都密切关怀的陛下的安全，我们诚意地要求将亚瑟释放；他的拘禁已经引起啧啧不满的人言，到处都在发表这样危险的议论：照他们说起来，只有做了错事的人，才会心怀戒惧，要是您所据有的一切都是您的合法的权益，那么为什么您的戒惧之心要使您把您的幼弱的亲人幽禁起来，用愚昧的无知闭塞他的青春，不让他享受一切发展身心活动的利益？为了不让我们的敌人利用这一件事实作为借口，我们敬如陛下所命，提出这一个要求：他的自由；这并不是为了我们自身的利益，我们的幸福是有赖于陛下的，他的自由才是陛下的幸福。

　　　　　赫伯特上。

约翰王　那么很好，我就把这孩子交给你们教导。赫伯特，你有些什么消息？（*招赫伯特至一旁。*）

约翰王

彭勃洛克　这个人就是原定要执行那流血惨案的凶手，他曾经把他的密令给我的一个朋友看过。他的眼睛里隐现着一件万恶的重罪的影子；他那阴郁的脸上透露着烦躁不安的心情。我担心我们所害怕的事情他已经奉命执行了。

萨立斯伯雷　王上的脸色因为私心和天良交战的缘故，一会儿变红，一会儿变白，正像信使们在兵戎相见的两阵之间不停地奔跑。他的感情已经紧张到快要爆发了。

彭勃洛克　当它爆发的时候，我怕我们将要听到一个可爱的孩子惨遭毒手的消息。

约翰王　我们不能拉住死亡的铁手；各位贤卿，我虽然有意允从你们的要求，可惜你们所要求的对象已经不在人世；他告诉我们亚瑟昨晚死了。

萨立斯伯雷　我们的确早就担心他的病是无药可医的。

彭勃洛克　我们的确早就听说这孩子在自己还没有觉得害病以前，就已经与死为邻了。这件事情不管是在今生，还是在来生，总会遭到报应的。

约翰王　你们为什么向我这样横眉怒目的？你们以为我有操纵命运的力量，支配生死的威权吗？

萨立斯伯雷　这显然是奸恶的阴谋；可惜身居尊位的人，却会干出这种事来。好，愿你王业昌隆！再会！

彭勃洛克　等一等，萨立斯伯雷伯爵；我也要跟你同去，找寻这可怜的孩子的遗产，一座被迫葬身的坟墓便是他的小小的王国。他的血统应该统治这岛国的全部，现在却只占有三呎的土地；好一个万恶的世界！这件事情是不能这样忍受下去的；我们的怨愤将会爆发，我怕这一天不久就会到来。

（群臣同下。）

约翰王　他们一个个怒火中烧。我好后悔。建立在血泊中的基础是不会稳固的，靠着他人的死亡换到的生命也决不会确立不败。

　　　　　　一使者上。

约翰王　你的眼睛里充满着恐怖，你脸上的血色到哪儿去了？这样阴沉的天空是必须等一场暴风雨来把它廓清的；把你的暴风雨倾吐出来吧。法国怎么样啦？

使者　法国到英国来啦。从来不曾有一个国家为了侵伐邻邦的缘故，征集过这样一支雄厚的军力。他们已经学会了您的敏捷的行军；因为您还没有听见他们在准备动手，已经传来了他们全军抵境的消息。

约翰王　啊！我们这方面的探子都在什么地方喝醉了？他们到哪儿睡觉去了？我的母亲管些什么事，这样一支军队在法国调集，她却没有听到消息？

使者　陛下，她的耳朵已经为黄土所掩塞了；太后是在四月一日崩驾的。我还听人说，陛下，康斯丹丝夫人就在太后去世的三天以前发疯而死；可是这是我偶然听到的流言，不知道是真是假。

约翰王　停止你的快步吧，惊人的变故！啊！让我和你作一次妥协，等我先平息了我的不平的贵族们的怒气。什么！母后死了！那么我在法国境内的领邑都要保不住了！你说得这样确确实实的在这儿登陆的那些法国军队是受谁节制的？

使者　他们都受太子的节制。

约翰王　你这些恶消息已经使我心神无主了。

庶子及彼得·邦弗雷特上。

约翰王　呀，世人对于你所干的事有些什么反响？不要用更多的恶消息塞进我的头脑，因为我的头里已经充满了恶消息。

庶子　要是您害怕听见最恶的消息，那么就让那最不幸的祸事不声不响地降在您的头上吧。

约翰王　原谅我，侄儿，意外的祸事像怒潮般冲来，使我一时失去了主意；可是现在我的头已经伸出水面，可以自由呼吸了，无论什么人讲的无论什么话，我都可以耐心听下去。

庶子　我所搜集到的金钱的数目，可以说明我在教士们中间工作的成绩。可是当我一路上回来的时候，我发现到处的人民都怀着诞妄的狂想，谣言和无聊的怪梦占据在他们的心头，不知道害怕些什么，可是充满了恐惧。这儿有一个预言者，是我从邦弗雷特的街道上带来的；我看见几百个人跟在他的背后，他用粗劣刺耳的诗句向他们歌唱，说是在升天节①的正午以前，陛下将要除下王冠。

约翰王　你这愚妄的梦想者，为什么你要这样说？

彼得　因为我预知将会发生这样的事实。

约翰王　赫伯特，带他下去；把他关起来。他说我将要在那天正午除下我的王冠，让他自己也就在那时候上绞架吧。留心把他看押好了，再回来见我，因为我还要差遣你。（赫伯特率彼得下），啊，我的好侄儿，你听见外边的消息，知道谁到了吗？

————————————

①升天节（Ascension-day），耶稣死后升天的一日，即复活节后第四十日。

庶子　法国人，陛下；人们嘴里都在谈论这件事。我还遇见俾高特勋爵和萨立斯伯雷伯爵，他们的眼睛都像赤热的火球，带领着其余的许多人，要去找寻亚瑟的坟墓；据他们说，他是昨晚您下密令杀掉的。

约翰王　好侄儿，去，把你自己插身在他们的中间。我有法子可以挽回他们的好感；带他们来见我。

庶子　我就去找寻他们。

约翰王　好，可是事不宜迟，越快越好。啊！当异邦的敌人用他们强大的军容侵凌我的城市的时候，不要让我自己的臣民也成为我的仇敌。愿你做一个脚上插着羽翼的麦鸠利，像思想一般迅速地从他们的地方飞回到我的身边。

庶子　我可以从这激变的时世学会怎样迅速行动的方法。

约翰王　说这样的话，不愧为一个富于朝气的壮士。（庶子下）你也跟他同去；因为也许他需要一个使者在我和那些贵族之间传递消息，你就去担任这件工作吧。

使者　很好，陛下。（下。）

约翰王　我的母亲死了！

赫伯特重上。

赫伯特　陛下，他们说昨晚有五个月亮同时出现：四个停着不动，还有一个围绕着那四个飞快地旋转。

约翰王　五个月亮！

赫伯特　老头儿和老婆子们都在街道上对这种怪现象发出危险的预言。小亚瑟的死是他们纷纷谈论的题目；当他们讲起他的时候，他们摇着头，彼此低声说话；那说话的人紧紧握住听话的人的手腕，那听话的人一会儿皱皱眉，一会儿点点头，一会儿滚动着眼珠，作出种种惊骇的姿态。我看见一个铁匠提着锤这样站着不动，他的铁已经在砧上冷了，他却张开了嘴恨不得把一个裁缝所说的消息一口吞咽下去；那裁缝手里拿着剪刀尺子，脚上跋着一双拖鞋，因为一时匆忙，把它们左右反穿了，他说起好几千善战的法国人已经在肯特安营立寨；这时候旁边就有一个瘦瘦的肮脏的工匠打断他的话头，提到亚瑟的死。

约翰王　为什么你要用这种恐惧充塞我的心头？为什么你老是开口闭口地提到小亚瑟的死？他是死在你手里的；我有极大的理由希望他死，可是你没有杀死他的理由。

赫伯特　没有，陛下！您没有指使我吗？

约翰王　国王们最不幸的事，就是他们的身边追随着一群逢迎取媚的奴才，把他们一时的喜怒当作了神圣的谕旨，狐假虎威地杀戮无辜的生命；这些佞臣们往往会在君王的默许之下曲解法律，窥承主上的意志，虽然也许那只是未经熟虑的一时的愤怒。

赫伯特　这是您亲笔写下的敕令，亲手盖下的御印，指示我怎样行动。

约翰王　啊！当上天和人世举行最后清算的时候，这笔迹和这钤记将要成为使我沦于永劫的铁证。看见了罪恶的工具，多么容易使人造成罪恶！假如那时你不在我的身旁，一个天造地设的适宜于干这种卑鄙的恶事的家伙，这一个谋杀的念头就不会在我的脑中发生；可是我因为注意到你的凶恶的面貌，觉得你可以担当这一件流血的暴行，特别适宜执行这样危险的使命，所以我才向你略微吐露杀死亚瑟的意思，而你因为取媚一个国王的缘故，居然也就恬不为意地伤害了一个王子的生命。

赫伯特　陛下——

约翰王　当我隐隐约约提到我心里所蓄的念头的时候，你只要摇一摇头，或者略示踌躇，或者用怀疑的眼光瞧着我，好像要叫我说得明白一些似的，那么深心的羞愧就会使我说不出话来，我就会中止我的话头，也许你的恐惧会引起我自己心中的恐惧；可是你却从我的暗示中间懂得我的意思，并且用暗示跟我进行罪恶的谈判，毫不犹豫地接受我的委托，用你那粗暴的手干下了那为我们两人所不敢形诸唇舌的卑劣的行为。离开我的眼前，再也不要看见我！我的贵族们抛弃了我；外国的军队已经威胁到我的国门之前；在我这肉体的躯壳之内，战争和骚乱也在破坏这血液与呼吸之王国的平和，我的天良因为我杀死我的侄儿，正在向我兴起问罪之师。

赫伯特　准备抵抗您那其余的敌人吧，我可以替您和您的灵魂缔结和平。小亚瑟并没有死；我这手还是纯洁而无罪的，不曾染上一点殷红的血迹。在我这胸膛之内，从来不曾进入过杀人行凶的恶念；您单凭着我的外貌，已经冤枉了好人，虽然我的形状生得这般丑恶，可是它却包藏着一颗善良的心，断不会举起屠刀，杀害一个无辜的小儿。

约翰王　亚瑟还没有死吗？啊！你赶快到那些贵族们的地方去，把这消息告诉他们，让他们平息怒火，重尽他们顺服的人臣之道。原谅我在一时气愤之中对你的面貌作了错误的批评；因为我的恼怒是盲目的，在想像之中，我的谬误的眼睛看你满身血迹，因此把你看得比你实际的本人更为可憎。

啊！不要回答；快去把那些愤怒的贵族们带到我的密室里来，一分钟也不要耽搁。我吩咐你得太慢了；你快飞步前去。（各下。）

第三场　同前。城堡前

亚瑟上，立城墙上。

亚瑟　城墙很高，可是我决心跳下去。善良的大地啊，求你大发慈悲，不要伤害我！不会有什么人认识我；即使有人认识，穿着这一身船童的服装，也可以遮掩我的真相。我很害怕；可是我要冒险一试。要是我下去了，没有跌坏我的肢体，我一定要千方百计离开这地方；即使走了也不免一死，总比留着等死好些。（跳下）嗳哟！这些石头上也有我叔父的精神；上天收去我的灵魂，英国保藏我的尸骨！（死。）

彭勃洛克、萨立斯伯雷及俾高特上。

萨立斯伯雷　两位大人，我要到圣爱德蒙兹伯雷去和他相会。那是我们的万全之计，在这扰攘的时世中，这样一个善意的建议是不可推却的。

彭勃洛克　那封主教的信是谁送来的？

萨立斯伯雷　茂伦伯爵，一位法国的贵人，他在给我的私信里所讲起的太子的盛情，要比这信上所写的广大得多哩。

俾高特　那么让我们明天早上去会他吧。

萨立斯伯雷　我们应该说在明天早上出发；因为，两位大人，我们要赶两整天的路程，才可以谈得到相会哩。

        庶子上。

庶子　难得我们今天又碰见了，列位愤愤不平的大人们！我奉王
上之命，请列位立刻前去。

萨立斯伯雷　王上已经用不着我们了；我们不愿用我们纯洁的荣
誉，文饰他那纤薄而污秽的外衣，更不愿追随在那到处留
下血印的足跟之后。你回去这样告诉他吧；我们已经知道
这件事的丑恶真相了。

庶子　随你们怎样想都可以，我总以为最好还是说两句好话。

萨立斯伯雷　替我们说话的是我们的悲哀，不是我们的礼貌。

庶子　可是你们的悲哀是没有理由的，所以你们应该保持你们的
礼貌。

彭勃洛克　足下，足下，愤怒是有它的权利的。

庶子　不错，它的唯一的权利是伤害它自己的主人。

萨立斯伯雷　这儿就是监狱。（*见亚瑟*）什么人躺在这儿？

彭勃洛克　死神啊！你把这纯洁而美好的王子攫夺了去，你可以
骄傲起来了。地上没有一个窟窿可以隐藏这一件恶事。

萨立斯伯雷　那杀人的凶手好像也痛恨他自己所干的事，有意把
它暴露在众目之前，鼓动人们为死者复仇。

俾高特　也许当他准备把这绝妙的姿容投下坟墓的时候，忽然觉
得那寒伧的坟墓不配容纳这样一具高贵的尸身。

萨立斯伯雷　理查爵士，你觉得怎样？你有没有看到过、读到过，
或是听到过这样的事？你能够想到这样的事吗？虽然你已
经亲眼看见了，你能够想像果然会有这样的事在你眼前发
生吗？要是你没有看见这种情形，你能够想像一件同样的

约翰王

事实吗？这是突破一切杀人罪案的最高峰，瞪目的愤怒呈献于怜悯的泪眼之前的一场最可耻的惨剧、一件最野蛮的暴行、一个最卑劣的打击。

彭勃洛克　过去的一切杀人罪案，在这一件暴行之前都要被赦为无罪，这一件空前无比的暴行，将要使未来的罪恶蒙上圣洁的面目；有了这一件惊人的惨案作为前例，杀人流血都不过是一场儿戏。

庶子　这是一件不可饶恕的残忍的行为；不知哪一个人下这样无情的毒手，要是他果然是遭人毒手的话。

萨立斯伯雷　要是他果然是遭人毒手的话！我们早就预料到会有怎样的事发生；这是赫伯特干的可耻的工作，那国王是主使授意的人；我的灵魂永远不再服从他的号令。跪在这可爱的生命的残迹之前，我燃起一瓣心香，向他无言的静穆呈献一个誓言，一个神圣的誓言，自今以往，我要摈斥世间的种种欢娱，决不耽于逸乐，苟安游惰，直到我这手上染着光荣的复仇之血为止。

彭勃洛克、俾高特　我们的灵魂虔诚地为你的誓言作证。

赫伯特上。

赫伯特　列位大人，我正在忙着各处寻找你们哩。亚瑟没有死；王上叫你们去。

萨立斯伯雷　啊！他好大胆，当着死人的面前还会厚脸撒谎。滚开，你这可恨的恶人！去！

赫伯特　我不是恶人。

萨立斯伯雷　（拔剑）我必须僭夺法律的权威吗？

庶子　您的剑是很亮的，大人；把它收起来吧。

萨立斯伯雷　等我把它插到一个杀人犯的胸膛里去再说。

赫伯特　退后一步，萨立斯伯雷大人，退后一步。苍天在上，我想我的剑是跟您的剑同样锋利的。我希望您不要忘记您自己，也不要强迫我采取正当的防卫，那对于您是一件危险的事，因为我在您的盛怒之下，也许会忘记您的高贵尊荣的身份和地位。

俾高特　呸，下贱的东西！你敢向贵人挑战吗？

赫伯特　那我怎么敢？可是即使在一个皇帝的面前，我也敢保卫我的无罪的生命。

萨立斯伯雷　你是一个杀人的凶手。

赫伯特　不要用您自己的生命证实您的话；我不是杀人的凶手。谁说着和事实相反的话，他就是说谎。

彭勃洛克　把他碎尸万段！

庶子　我说，你们还是不要争吵吧。

萨立斯伯雷　站开，否则莫怪我的剑不生眼睛碰坏了你，福康勃立琪。

庶子　你还是去向魔鬼的身上碰碰吧，萨立斯伯雷。要是你向我蹙一蹙眉，抬一抬脚，或是逞着你的暴躁的脾气，给我一点儿侮辱，我就当场结果你的生命。赶快收好你的剑；否则我要把你和你那炙肉的铁刺一起剁个稀烂，让你以为魔鬼从地狱里出来了。

俾高特　你预备怎样呢，声名卓著的福康勃立琪？帮助一个恶人和凶手吗？

赫伯特　俾高特大人，我不是什么恶人凶手。

俾高特　谁杀死这位王子的？

约翰王

赫伯特　我在不满一小时以前离开他，他还是好好的。我尊敬他，我爱他；为了他可爱的生命的夭亡，我要在哭泣中消耗我的残生。

萨立斯伯雷　不要相信他眼睛里这种狡猾的泪水，奸徒们是不会缺少这样的急泪的；他玩惯了这一套把戏，所以能够做作得好像真是出于一颗深情而无罪的心中的滔滔的泪河一样。跟我去吧，你们这些从灵魂里痛恨屠场中的血腥气的人们；我已经为罪恶的臭气所窒息了。

俾高特　向伯雷出发，到法国太子那里去！

彭勃洛克　告诉国王，他可以到那里去打听我们的下落。（彭勃洛克、萨立斯伯雷、俾高特同下。）

庶子　好一个世界！你知道这件好事是谁干的吗？假如果然是你把他杀死的，赫伯特，你的灵魂就要打下地狱，即使上帝的最博大为怀的悲悯也不能使你超生了。

赫伯特　听我说，大人。

庶子　嘿！我告诉你吧：你要永堕地狱，什么都比不上你的黑暗；你比魔王路锡福还要罪加一等；你将要成为地狱里最丑的恶鬼，要是你果然杀死了这个孩子。

赫伯特　凭着我的灵魂起誓——

庶子　即使你对于这件无比残酷的行为不过表示了你的同意，你也没有得救的希望了。要是你缺少一根绳子，从蜘蛛肚子里抽出来的最细的蛛丝也可以把你绞死；一根灯心草可以作为吊死你的梁木；要是你愿意投水的话，只要在汤匙里略微放一点水，就可以抵得过整个的大洋，把你这样一个恶人活活溺死。我对于你这个人很有点不放心呢。

赫伯特 要是我曾经实行、与谋，或是起意劫夺这美丽的躯壳里的温柔的生命，愿地狱里所有的酷刑都不足以惩罚我的罪恶。我离开他的时候，他还是好好的。

庶子 去，把他抱起来。我简直发呆了，在这遍地荆棘的多难的人世之上，我已经迷失我的路程。你把整个英国多么轻易地举了起来！全国的生命、公道和正义已经从这死了的王裔的躯壳里飞到天上去了；英国现在所剩下的，只有一个强大繁荣的国家的无主的权益，供有力者的争持攫夺。为了王权这一根啃剩的肉骨，蛮横的战争已经耸起它的愤怒的羽毛，当着和平的温柔的眼前大肆咆哮；外侮和内患同时并发，广大的混乱正在等候着霸占的威权的迅速崩溃，正像一只饿鸦眈眈注视着濒死的病兽一般。能够束紧腰带，拉住衣襟，冲过这场暴风雨的人是有福的。把这孩子抱着，赶快跟我见王上去。要干的事情多着呢，上天也在向这国土蹙紧它的眉头。（同下。）

约翰王

第五幕

第一场　诺桑普敦。宫中一室

约翰王、潘杜尔夫持王冠及侍从等上。

约翰王　现在我已经把我的荣冠交在你的手里了。

潘杜尔夫　（以王冠授约翰王）从我这代表教皇的手里，重新领回你的尊荣和威权吧。

约翰王　现在请你遵守你的神圣的诺言，到法国人那儿去，运用教皇圣上给你的全部权力，在战火烧到我们身上之前，阻止他们进军。我们那些怨愤不平的州郡都在纷纷叛变，我们的人民都不愿服从王命，反而向异族的君主输诚纳款。这一种人心思乱的危局，只能仰仗你的大力安定下来。所以千万不要耽搁吧；因为这是一个重病的时世，必须赶快设法医治，否则就要不可救药了。

潘杜尔夫 这场风波原是我因为你轻侮教皇而掀动起来的，现在你既已诚心悔改，我这三寸不烂之舌仍旧可以使这场风波化为无事，让你这风云险恶的国土重见晴和的气象。记住，在今天升天节，因为你已经向教皇宣誓效忠，我要去叫法国人放下他们的武器。（下。）

约翰王 今天是升天节吗？那预言者不是说过，在升天节正午以前，我要摘下我的王冠吗？果然有这样的事。我还以为我将被迫放弃我的王冠；可是，感谢上天，这一回却是自动的。

　　　　　庶子上。

庶子 肯特已经全城降敌，只有多佛的城堡还在我军手中。伦敦像一个好客的主人一样，已经开门迎接法国太子和他的军队进去。您那些贵族们不愿接受您的命令，全都投奔您的敌人去了；剩下来的少数站在您这一方面的人们，也都吓得惊惶失措，一个个存着首鼠两端的心理。

约翰王 那些贵族们听见了亚瑟未死的消息，还不肯回来吗？

庶子 他们发现他的尸身被人丢在街上，就像一具空空的宝箱，那藏在里面的生命的珠宝，已经不知被哪一个恶人劫夺去了。

约翰王 赫伯特那混蛋对我说他没有死。

庶子 凭着我的灵魂起誓，他是这样说的，因为他并不知情。可是您为什么这样意气消沉？您的脸色为什么郁郁寡欢？您一向是雄心勃勃的，请在行动上表现您的英雄气概吧；不要让世人看见恐惧和悲观的疑虑主宰着一位君王的眼睛。愿您像这动乱的时代一般活跃；愿您自己成为一把火，去抵御那燎原的烈焰；给威胁者以威胁，用无畏的眼光把夸口的恐吓者吓退；那些惯于摹仿大人物的行为的凡庸群众，将要看着您的榜样而增加勇气，鼓起他们不屈不挠的坚决的精神。去！像庄严的战神一样，在战场上大显您的神威，充分表现您的勇气和必胜的信心。嘿！难道我们甘心让他们直入狮穴，难道我们这一头雄狮将要在他们的威吓之下战栗吗？啊！让我们不要给人笑话。采取主动，趁着敌人还没有进门，赶快跑出门外去给他迎头痛击。

约翰王　教皇的使节刚才来过，我已经和他成立圆满的和解；他答应劝告法国太子撤退他率领的军队。

庶子　啊，可耻的联盟！难道我们在敌军压境的时候，还想依仗别人主持公道，向侵略的武力妥协献媚，和它谈判卑劣的和议吗？难道一个乳臭未干的小儿，一个娇养的纨袴少年，居然可以在我们的土地上耀武扬威，在这个久经战阵的国家里横行无忌，把他那招展的旌旗遮蔽我们的天空，而不遇到一点阻力吗？陛下，让我们武装起来；也许那主教无法斡旋你们的和平；即使他有这样的力量，至少也要让他们看看我们是有防御的决心的。

约翰王　那么就归你全权指挥一切吧。

庶子　好，去吧，拿出勇气来！哪怕敌人比现在更猖狂，我敢说我们的力量也足以应付。（同下。）

第二场 圣爱德蒙兹伯雷附近平原。法军营地

路易、萨立斯伯雷、茂伦、彭勃洛克、俾高特各穿武装及兵士等同上。

路易 茂伦伯爵，把这件文书另外抄录一份，留作存案；原件仍旧交还给这几位大人。我们的意旨已经写在它上面，凭着这一纸盟约，可以使他们和我们都明白为什么要立下这庄严的盟誓，并且保持双方坚定不变的忠诚。

萨立斯伯雷 它在我们这方面是永远不会破坏的。尊贵的太子，虽然我们宣誓对于您的行动竭诚赞助，自愿掬献我们的一片赤心，可是相信我，殿下，像这样创巨痛深的时代的疮痍，必须让叛逆的卑鄙的手替它敷上药膏，为了医治一处陈年的疡肿，造成了许多新的伤口，这却是我所十分痛心的。啊！我衷心悲伤，因为我必须拔出我腰间的利剑，使人间平添多少寡妇；我那被蹂躏的祖国，却在高呼着萨立斯伯雷的名字，要求我的援助和保卫！可是这时代已经染上了重大的沉疴，为了救护我们垂死的正义，只有以乱戡乱，用无情的暴力摧毁暴力。啊，我的悲哀的朋友们！我们都是这岛国的儿子，现在却会看到这样不幸的一天，追随在外族的铁蹄之后，踏上它的温柔的胸膛，这不是一件可痛的事吗？当我一想到为了不得已的原因，我们必须反颜事仇，和祖国的敌人为伍，借着异邦的旌旗的掩护来到这里，我就恨不得为这番耻辱痛哭一场。什么！来到这

约翰王

里？啊，我的祖国！要是你能够迁移一个地方，要是那环
抱你的海神的巨臂，在不知不觉中把你搬到了异教徒的海
岸之上，那么这两支基督徒的军队也许可以消除敌意，携
手合作，不再自相残杀了！

路易　你这一番慷慨陈辞，已经充分表现了你的忠义的精神；
在你胸中交战的高贵的情绪，是可以惊天地而泣鬼神的。
啊！你在不得已的情势和正义的顾虑之间，已经作过一次
多么英勇的战争！让我替你拭去那晶莹地流在你颊上的高
贵的露珠；我的心曾经在一个妇人的眼泪之前融化，那不
过是一场普通的感情的横溢；可是像这样滔滔倾泻的男儿
热泪，这样从灵魂里迸发出来的狂风暴雨，却震惊了我的
眼睛，比看见穹隆的天宇上充满了吐火的流星更使我惊愕
感叹。扬起你的眉来，声名卓著的萨立斯伯雷，用你伟大
的心把这场暴风雨逐去；让那些从未见过一个被激怒的巨
人世界的，除了酒食醉饱、嬉戏闲谈以外，不知尚有何事
的婴儿的眼睛去流它们的眼泪吧。来，来；你将要伸手探
取无穷的幸运，正像路易自己一样，你们各位出力帮助了
我，也都要跟我同享富贵。

　　　　　　　潘杜尔夫率侍从上。

路易　我想是一个天使方才在说话。瞧，教皇的圣使来向我们传
达上天的旨意，用神圣的诏语宣布我们的行动为正义了。

潘杜尔夫　祝福，法兰西的尊贵的王子！我来此非为别事，就是
要告诉你约翰王已经和罗马复和了；他的灵魂已经返归正
道，不再敌对神圣的教会，罗马的伟大的圣廷。所以现在
你可以卷起你那耀武的旌旗，把横暴的战争的野性压服下

去，让它像一头受人豢养的雄狮，温驯地伏在和平的足前，不再伤害生灵，只留着一副凶猛的外貌。

路易 请阁下原谅，我不愿回去。我是堂堂大国的储君，不是可以给人利用、听人指挥的；世上无论哪一个政府都不能驱使我做它的忠仆和工具。您最初鼓唇弄舌，煽旺了这一个被讨伐的王国跟我自己之间的已冷的战灰，替它添薪加炭，燃起这一场燎原的烈火；现在火势已盛，再想凭着您嘴里这一口微弱的气息把它吹灭，是怎么也办不到的了。您指教我认识我的权利，让我明白我对于这国土可以提出些什么要求；我这一次冒险的雄心是被您激起的，现在您却来告诉我约翰已经和罗马缔结和平了吗？那样的和平跟我有什么相干？我凭着我的因婚姻而取得的资格，继亚瑟之后，要求这一个国土的主权；现在它已经被我征服了一半，我却必须撤兵回去，因为约翰已经和罗马缔结和平吗？我是罗马的奴隶吗？罗马花费过多少金钱，供给过多少人力，拿出过多少军械，支持这一场战役？不是我一个人独当全责吗？除了我以及隶属于我的统治的人们以外，谁在这次战争里流过一滴汗，出过一点力？这些岛国的居民，当我经过他们的城市的时候，不是都向我高呼"吾王万岁"吗？我在这一场争夺王冠的赌博之中，不是已经稳操胜算了吗？难道我现在必须自毁前功？不，不，凭着我的灵魂发誓，我决不干那样的事。

潘杜尔夫 你所看见的只是事实的表面。

路易 表面也好，内面也好，我这次征集这一支精锐的雄师，遴选这些全世界最勇猛的战士，本来是要从危险和死亡

约翰王

的巨口之下，博取胜利的光荣，在我的目的没有达到以前，我决不愿白手空归。（喇叭声）什么喇叭这样高声地叫唤我们？

　　　　庶子率侍从上。

庶子　按照正当的平等原则，请你们听我说几句话；我是奉命来此传言的。神圣的米兰主教阁下，敝国王上叫我来探问您替他干的事情进行得怎样。我听了您的答复就可以凭着我所受的权力，宣布我们王上的旨意。

潘杜尔夫　太子一味固执，不肯接受我的调停；他坚决表示不愿放下武器。

庶子　凭着愤怒所吞吐的热血起誓，这孩子说得不错。现在听我们英国的国王说话吧，因为我是代表他发言的。他已经准备好了；这是他当然而应有的措置。对于你们这一次猴子学人的无礼的进兵，这一场全武行的化装舞蹈，这一出轻举妄动的把戏，这一种不懂事的放肆，这一支孩子气的军队，我们的王上唯有置之一笑；他已经充分准备好把这场儿戏的战争和这些侏儒的武力扫荡出他的国境以外。他的强力的巨掌曾经在你们的门前把你们打得不敢伸出头来，有的像吊桶一般跳下井里，有的蹲伏在马棚里的柴草上，有的把自己关在箱里橱里，有的钻在猪圈里，有的把地窖和牢狱作为他们安全的藏身之处，一听到你们国家的乌鸦叫，也以为是一个英国兵士的声音而吓得瑟瑟发抖；难道这一只曾经在你们的巢穴之内给你们重创的胜利的铁手，会在这儿减弱它的力量吗？不，告诉你们吧，那勇武的君王已经穿起武装，像一只盘旋高空的猛鹰，目光灼灼地注视着它巢中的雏鸟，随时准备翻身突下，打击那意图侵犯的敌人。你们这些堕落的、忘恩的叛徒，你们这些剖裂你们亲爱的英格兰母亲的肚腹的残酷的尼禄①，害羞吧；因为你们自己国中的妇人和面色苍白的少女，都像女战士一般踏着鼓声前进；她们已经脱下顶针，套上臂鞲，放下针线，揎起长枪，她们温柔的心，都凝成铁血一般的意志了。

路易 你的恐吓已经完毕，可以平安回去了；我承认你的骂人的本领比我高强。再会吧；我们的时间是宝贵的，不能浪费口舌，跟你这种人争吵。

潘杜尔夫 让我说一句话。

庶子 不，我还有话说哩。

路易 你们两人的话我都不要听。敲起鼓来；让战争的巨舌申说我的权利、报告我的到来吧。

庶子 不错，你们的鼓被人一打，就会叫喊起来；正像你们被我们痛打以后，也会叫喊起来一样。只要用你的鼓激起一下回声，你就可以听见另一面鼓向它发出同样巨大的反响；把你的鼓再打一下，那一面鼓也会紧接着它的震惊天耳的鸣声，发出雷霆般的怒吼；因为勇武的约翰不相信这位朝三暮四的圣使。——他本来不需要他的协助，不过把他玩弄玩弄而已。——他已经带领大军来近了；他的额上高坐着白骨的死神，准备在今天饱餐千万个法兰西人的血肉。

路易 敲起你们的鼓来，让我们领略领略你们的威风。

①尼禄（Nero），罗马暴君，曾弑亲母。

庶子 你放心吧，太子，今天总要教你看看我们的颜色。（各下。）

第三场　同前。战场

号角声。约翰王及赫伯特上。

约翰王 今天我们胜负如何？啊！告诉我，赫伯特。

赫伯特 形势恐怕很不利。陛下御体觉得怎样？

约翰王 这一场缠绕了我很久的热病，使我痛苦异常。啊！我的心头怪难受的。

一使者上。

使者 陛下，您那勇敢的亲人福康勃立琪请陛下急速离开战场，他还叫我回去告诉他您预备到哪一条路上去。

约翰王 对他说，我就到史温斯丹去，在那儿的寺院里暂时安息。

使者 请宽心吧，因为法国太子所盼望的大量援军，三天之前已经在古德温沙滩上触礁沉没。这消息是理查爵士刚刚得到的。法军士气消沉，已经在开始撤退了。

约翰王 唉！这一阵凶恶的热病焚烧着我的身体，不让我欢迎这一个大好的消息。向史温斯丹出发；赶快把我抬上舁床；衰弱占据我的全身，我要昏过去了。（同下。）

第四场　同前。战场的另一部分

萨立斯伯雷、彭勃洛克、俾高特及余人等上。

萨立斯伯雷　我想不到英王还会有这许多朋友。

彭勃洛克　重新振作起来吧；鼓励鼓励法军的士气；要是他们打
　　　　　　了败仗，我们也就跟着完了。

萨立斯伯雷　那个鬼私生子福康勃立琪不顾死活，到处冲杀，是
　　　　　　他一个人支撑了今天的战局。

彭勃洛克　人家说约翰王病得很厉害，已经离开战地了。

若干兵士扶茂伦负伤上。

茂伦　搀着我到那些英国的叛徒跟前去。

萨立斯伯雷　我们得势的时候，人家可不这样称呼我们的。

彭勃洛克　这是茂伦伯爵。

萨立斯伯雷　他受了重伤，快要死了。

茂伦　逃走吧，高贵的英国人；你们是像商品一样被人买卖的；
　　　从叛逆的错误的迷途上找寻一个出口，重新收回你们所抛
　　　掉的忠诚吧。访寻约翰王的下落，跪在他的足前；因为
　　　路易要是在这扰攘的一天得到胜利，他是会割下你们的
　　　头颅酬答你们的辛劳的。他已经在圣爱德蒙兹伯雷的圣
　　　坛之前发过这样的誓了，我和许多人都跟他在一起；就
　　　是在那个圣坛之前，我们向你们宣誓亲密的合作和永久
　　　的友好。

萨立斯伯雷　这样的事是可能的吗？这句话是真的吗？

茂伦　丑恶的死亡不是已经近在我的眼前，我不是仅仅延续着一
　　　丝生命的残喘，在流血中逐渐淹灭，正像一个蜡像在火焰
　　　之旁逐渐融化一样吗？一切欺骗对于我都已毫无用处，这
　　　世上现在还有什么事情可以使我向人说欺骗的话？我必须
　　　死在这里，靠着真理而永生，这既然是一件千真万确的事

约翰王

实，为什么我还要以虚伪对人呢？我再说一遍，要是路易得到胜利，除非他毁弃了誓言，你们的眼睛是再也看不见一个新的白昼在东方透露它的光明了。就在这一个夜里，它的黑暗的有毒的气息早已吞吐在那衰老无力、厌倦于长昼的夕阳的赤热的脸上，就在这一个罪恶的夜里，你们将要终止你们的呼吸，用你们各人的生命偿付你们叛逆的代价；要是路易借着你们的助力得到胜利的话。为我向你们王上身边的一位赫伯特致意；我因为想到我对他的交情，同时因为我的祖父是个英国人，所以激动天良，向你们招认了这一切。我所要向你们要求的唯一的酬报，就是请你们搀扶我到一处僻静的所在，远离战场的喧嚣，让我在平和中思索我的残余的思想，使我的灵魂借着冥想和虔诚的祈愿的力量脱离我的躯壳。

萨立斯伯雷　我们相信你的话。我真心欢迎这一个大好的机会，可以让我们从罪恶的歧途上回过身去，重寻我们的旧辙；像一阵势力减弱的退潮一样，让我们离弃我们邪逆反常的故径，俯就为我们所蔑视的堤防，驯顺而安静地归返我们的海洋、我们伟大的约翰王的足前。让我助你一臂之力，搀扶你离开这里，因为我看见死亡的残酷的苦痛已经显现在你的眼中。去，我的朋友们！让我们再作一次新的逃亡；这新的逃亡是幸运的，因为它趋向的目的是旧日的正义。（众扶茂伦同下。）

第五场　同前。法军营地

路易率扈从上。

路易　太阳仿佛不愿沉没，继续停留在空中，使西天染满了一片
羞红，当英国人拖着他们沉重无力的脚步从他们自己的阵
地上退却的时候。啊！我们今天好不威风，在这样剧烈的
血战以后，我们放射一阵示威的炮声，向光荣的白昼道别，
卷起我们凌乱的旌旗，在空旷的战场上整队归来；这一片
血染的平原，几乎已经为我们所控制了。

一使者上。

使者　太子殿下在什么地方？

路易　这儿。什么消息？

使者　茂伦伯爵已经阵亡；英国的贵族们听从他的劝告，又向我
们倒戈背叛；您长久盼望着的援军，在古德温沙滩上一起
触礁沉没了。

路易　啊，恶劣的消息！你真是罪该万死！我今晚满腔的高兴都
被你一扫而空了。哪一个人对我说过在昏暗的夜色还没有
分开我们疲乏的两军的时候，约翰王已经在一两小时以前
逃走了？

使者　不管谁说这句话，它倒是真确的事实，殿下。

路易　好，今晚大家好生安息，加倍提防；我将要比白昼起身得
更早，试一试明天的命运。（同下。）

约翰王

第六场 史温斯丹庵院附近的广场

庶子及赫伯特自相对方向上。

赫伯特 那边是谁？喂，报出名来！快说，否则我要放箭了。

庶子 一个朋友。你是什么人？

赫伯特 我是英格兰方面的。

庶子 你到哪里去？

赫伯特 那干你什么事？你可以问我，为什么我不可以问你？

庶子 你是赫伯特吧？

赫伯特 你猜得不错；我可以相信你是我的朋友，因为你这样熟识我的声音。你是谁？

庶子 随你以为我是谁都行；要是你愿意抬举我的话，你也可以把我当作普兰塔琪纳特家的旁系子孙。

赫伯特 好坏的记性！再加上模糊的夜色，使我有眼无珠，多多失礼了。英勇的战士，我的耳朵居然会辨别不出它所熟悉的声音，真要请你原谅。

庶子 算了，算了，不用客气。外边有什么消息？

赫伯特 我正在这黑夜之中东奔西走，寻找您哩。

庶子 那么闲话少说，什么消息？

赫伯特 啊！我的好殿下，只有一些和这暮夜相称的黑暗、阴郁、惊人而可怖的消息。

庶子 让我看看这恶消息所造成的伤口吧；我不是女人，不会见了它发晕的。

赫伯特 王上恐怕已经误服了一个寺僧的毒药；我离开他的时候，

差不多已经不能言语。我因为怕你突然知道了这件事情，不免手忙脚乱，所以急忙出来报告你这个噩耗，让你对于这番意外的变故可以有个准备。

庶子　他怎么服下去的？谁先替他尝过？

赫伯特　一个寺僧，我告诉你；一个蓄意弑君的奸徒；他尝了一口药，不一会儿，他的脏腑就突然爆裂了。王上还会说话，也许还可以救治。

庶子　你离开王上的时候，有谁在旁边看护他？

赫伯特　呀，你不知道吗？那些贵族们都回来了，他们还把亨利亲王也带着同来。王上听从亨利亲王的请求，已经宽恕了他们；他们现在都在王上的左右。

庶子　抑制你的愤怒，尊严的上天，不要叫我们忍受我们所不能忍受的打击！我告诉你，赫伯特，我的军队今晚经过林肯沼地的时候，被潮水卷去了一半；我自己骑在马上，总算逃脱了性命。你先走吧！带我见王上夫；我怕他等不到见我一面，就已经死了。（同下。）

第七场　史温斯丹庵院的花园

亨利亲王、萨立斯伯雷及侔高特上。

亨利亲王　已经太迟了。他的血液完全中了毒；他那清明的头脑，那被某些人认为灵魂的脆弱的居室的，已经在发出毫无伦次的谵语，预示着生命的终结。

彭勃洛克上。

彭勃洛克　王上还在说话；他相信要是把他带到露天的地方去，可以减轻一些那在他身体内部燃烧着的毒药的热性。

亨利亲王　把他带到这儿花园里来吧。（俾高特下）他还在说胡话吗？

彭勃洛克　他已经比您离开他的时候安静得多了；刚才他还唱过歌。

亨利亲王　啊，疾病中的幻觉！剧烈的痛苦在长时间的延续之中，可以使人失去痛苦的感觉。死亡已经侵袭过他的外部，那无形的毒手正在向心灵进攻，用无数诞妄的幻想把它刺击，它们在包围进占这一个最后据点的时候，挤成了混乱的一团。奇怪的是死亡也会歌唱。我是这一只惨白无力的天鹅的雏鸟，目送着他为自己唱着悲哀的挽歌而死去，从生命的脆弱的簧管里，奏出安魂的乐曲，使他的灵魂和肉体得到永久的安息。

萨立斯伯雷　宽心吧，亲王；因为您的天赋的使命，是整顿他所遗留下来的这一个混杂凌乱的局面。

　　　　　　俾高特率侍从等舁约翰王坐椅中重上。

约翰王　哦，现在我的灵魂可以有一点儿回旋的余地了；它不愿从窗子里或是从门户里出去。在我的胸头是这样一个炎热的盛夏，把我的脏腑都一起炙成了灰；我是一张写在羊皮纸上的文书，受着这样烈火的烘焙，全身都皱缩而焦枯了。

亨利亲王　陛下御体觉得怎样？

约翰王　毒侵骨髓，病入膏肓；死了，被舍弃，被遗忘了；你们也没有一个人肯去叫冬天来，把他冰冷的手指探进我的喉中，或是让我的国内的江河流过我的火热的胸口，或是请

86

求北方的寒风吻一吻我的焦燥的嘴唇，用寒冷给我一些安慰。我对你们并没有多大的要求；我只恳求一些寒冷的安慰；你们却这样吝啬无情，连这一点也拒绝了我。

亨利亲王　啊！但愿我的眼泪也有几分力量，能够解除您的痛苦。

约翰王　你眼泪中的盐质也是热的。在我的身体之内是一座地狱，那毒药就是狱中的魔鬼，对那不可救赎的罪恶的血液横加凌虐。

　　　　　　　庶子上。

庶子　啊！我满心焦灼，恨不得插翅飞到陛下的跟前。

约翰王　啊，侄儿！你是来闭我的眼睛的。像一艘在生命海中航行的船只，我的心灵的缆索已经碎裂焚毁，只留着仅余的一线，维系着这残破的船身；等你向我报告过你的消息以后，它就要漂荡到不可知的地方去了；你所看见的眼前的我，那时候将要变成一堆朽骨，毁灭尽了它的君主的庄严。

庶子　法国太子正在准备向这儿进攻，天知道我们有些什么力量可以对付他；因为当我向有利的地形移动我的军队，在经过林肯沼地的时候，一夜之间一阵突然冲来的潮水把我大部分的人马都卷去了。（*约翰王死。*）

萨立斯伯雷　你把这些致命的消息送进了一只失去生命的耳中。我的陛下！我的主上！刚才还是一个堂堂的国王，现在已经变成这么一副模样。

亨利亲王　我也必须像他一样前进，像他一样停止我的行程。昔为君王，今为泥土；这世上还有什么保障，什么希望，什么凭借？

约翰王

庶子 您就这样去了吗？我还要留在世上，为您复仇雪恨，然后我的灵魂将要在天上侍候您，正像在地上我是您的仆人一样。现在，现在，你们这些复返正轨的星辰，你们的力量呢？现在你们可以表现你们悔悟的诚意了。立刻跟我回到战场上去，把毁灭和永久的耻辱推出我们衰弱的国土之外。让我们赶快去迎击敌人，否则敌人立刻就要找到我们头上来了；那法国太子正在我们的背后张牙舞爪呢。

萨立斯伯雷 这样看来，你所知道的还不及我们详细。潘杜尔夫主教正在里边休息，他在半小时以前从法国太子那儿来到这里，代表太子向我们提出求和的建议，宣布他们准备立刻撤兵停战的决意；我们认为那样的建议是并不损害我们的荣誉而不妨加以接受的。

庶子 我们必须格外加强我们的防御，他才会知难而退。

萨立斯伯雷 不，他们可以说已经在开始撤退了；因为他已经把许多车辆遣发到海滨去，并且把他的争端委托主教代行处理。要是你同意的话，今天下午，你、我，还有其他的各位大人，就可以和这位主教举行谈判，商议出一个圆满的结果来。

庶子 就这样吧。您，我的尊贵的亲王，还有别的各位不用出席会议的王子们，必须亲临主持您的父王的葬礼。

亨利亲王 他的遗体必须在华斯特安葬，因为这是他临终的遗命。

庶子 那么就在那里安葬吧。愿殿下继承先王的遗统，肩负祖国的光荣，永享无穷的洪福！我用最卑恭的诚意跪在您的足前，向您掬献我的不变的忠勤和永远的臣服。

萨立斯伯雷 我们也敬向殿下呈献同样的忠忱，永远不让它沾上丝毫污点。

亨利亲王　我有一个仁爱的灵魂，要向你们表示它的感谢，可是除了流泪以外，不知道还有什么其他的方式。

庶子　啊！让我们仅仅把应有的悲伤付给这时代吧，因为它早就收受过我们的哀痛了。我们的英格兰从来不曾，也永远不会屈服在一个征服者的骄傲的足前，除非它先用自己的手把自己伤害。现在它的这些儿子们已经回到母国的怀抱里，尽管全世界都是我们的敌人，向我们三面进攻，我们也可以击退他们。只要英格兰对它自己尽忠，天大的灾祸都不能震撼我们的心胸。（同下。）

约翰王

麦克白

剧中人物

邓肯　苏格兰国王

马尔康 ⎱
道纳本 ⎰　邓肯之子

麦克白 ⎱
班柯 ⎰　苏格兰军中大将

麦克德夫

列诺克斯

洛斯

孟提斯　　　　　苏格兰贵族

安格斯

凯士纳斯

弗里恩斯　班柯之子

西华德　诺森伯兰伯爵，英国军中大将

小西华德　西华德之子

西登　麦克白的侍臣

麦克德夫的幼子

英格兰医生

苏格兰医生

军曹

门房

老翁

麦克白夫人

麦克德夫夫人

麦克白夫人的侍女

赫卡忒及三女巫

贵族、绅士、将领、兵士、刺客、侍从及使者等

班柯的鬼魂及其他幽灵等

地　点

苏格兰；英格兰

麦
克
白

第一幕

第一场　荒原

雷电。三女巫上。

女巫甲　何时姊妹再相逢，

　　　　雷电轰轰雨蒙蒙？

女巫乙　且等烽烟静四陲，

　　　　败军高奏凯歌回。

女巫丙　半山夕照尚含辉。

女巫甲　何处相逢？

女巫乙　在荒原。

女巫丙　共同去见麦克白。

女巫甲　我来了，狸猫精。

女巫乙　癞蛤蟆叫我了。

女巫丙　来也。^①

三女巫　（合）美即丑恶丑即美，翱翔毒雾妖云里。（同下。）

第二场　福累斯附近的营地

　　　　内号角声。邓肯、马尔康、道纳本、列诺克斯及侍从
等上，与一流血之军曹相遇。

邓肯　那个流血的人是谁？看他的样子，也许可以向我们报告关
于叛乱的最近的消息。

马尔康　这就是那个奋勇苦战帮助我冲出敌人重围的军曹。祝福，
勇敢的朋友！把你离开战场以前的战况报告王上。

军曹　双方还在胜负未决之中；正像两个精疲力竭的游泳者，彼
此扭成一团，显不出他们的本领来。那残暴的麦克唐华德
不愧为一个叛徒，因为无数奸恶的天性都丛集于他的一
身；他已经征调了西方各岛上的轻重步兵，命运也像娼妓
一样，有意向叛徒卖弄风情，助长他的罪恶的气焰。可是
这一切都无能为力，因为英勇的麦克白——真称得上一声
"英勇"——不以命运的喜怒为意，挥舞着他的血腥的宝
剑，像个煞星似的一路砍杀过去，直到了那奴才的面前，
也不打个躬，也不通一句话，就挺剑从他的肚脐上刺了进
去，把他的胸膛划破，一直划到下巴上；他的头已经割下
来挂在我们的城楼上了。

---

　　①三女巫各有一精怪听其驱使；侍候女巫甲的是狸猫精，侍候女巫
乙的是癞蛤蟆，侍候女巫丙的当是怪鸟。

麦
克
白

邓肯 啊，英勇的表弟！尊贵的壮士！

军曹 天有不测风云，从那透露曙光的东方偏卷来了无情的风暴，可怕的雷雨；我们正在兴高彩烈的时候，却又遭遇了重大的打击。听着，陛下，听着：当正义凭着勇气的威力正在驱逐敌军向后溃退的时候，挪威国君看见有机可乘，调了一批甲械精良的生力军又向我们开始一次新的猛攻。

邓肯 我们的将军们，麦克白和班柯有没有因此而气馁？

军曹 是的，要是麻雀能使怒鹰退却、兔子能把雄狮吓走的话。实实在在地说，他们就像两尊巨炮，满装着双倍火力的炮弹，愈发愈猛，向敌人射击；瞧他们的神气，好像拚着浴血负创，非让尸骸铺满原野，决不罢手——可是我的气力已经不济了，我的伤口需要马上医治。

邓肯 你的叙述和你的伤口一样，都表现出一个战士的精神。来，把他送到军医那儿去。（侍从扶军曹下。）

　　　　　洛斯上。

邓肯 谁来啦？

马尔康 尊贵的洛斯爵士。

列诺克斯 他的眼睛里露出多么慌张的神色！好像要说些什么意想不到的事情似的。

洛斯 上帝保佑吾王！

邓肯 爵士，你从什么地方来？

洛斯 从费辅来，陛下；挪威的旌旗在那边的天空招展，把一阵寒风扇进了我们人民的心里。挪威国君亲自率领了大队人马，靠着那个最奸恶的叛徒考特爵士的帮助，开始了一场惨酷的血战；后来麦克白披甲戴盔，和他势均力敌，刀来枪往，奋勇交锋，方才挫折了他的凶焰；胜利终于属我们所有。——

邓肯 好大的幸运！

洛斯 现在史威诺，挪威的国王，已经向我们求和了；我们责令他在圣戈姆小岛上缴纳一万块钱充入我们的国库，否则不让他把战死的将士埋葬。

邓肯 考特爵士再也不能骗取我的信任了，去宣布把他立即处死，他的原来的爵位移赠麦克白。

洛斯 我就去执行陛下的旨意。

邓肯 他所失去的，也就是尊贵的麦克白所得到的。（同下。）

第三场　荒原

雷鸣。三女巫上。

女巫甲 妹妹，你从哪儿来？

女巫乙 我刚杀了猪来。

女巫丙 姊姊，你从哪儿来？

女巫甲 一个水手的妻子坐在那儿吃栗子，啃呀啃呀啃呀地啃着。"给我吃一点，"我说。"滚开，妖巫！"那个吃鱼吃肉的贱人喊起来了。她的丈夫是"猛虎号"的船长，到阿勒坡去了；可是我要坐在一张筛子里追上他去，像一头没有尾巴的老鼠，瞧我的，瞧我的，瞧我的吧。

女巫乙 我助你一阵风。

女巫甲 感谢你的神通。

女巫丙 我也助你一阵风。

麦克白

女巫甲　刮到西来刮到东。

　　　　到处狂风吹海立，

　　　　浪打行船无休息；

　　　　终朝终夜不得安，

　　　　骨瘦如柴血色干；

　　　　一年半载海上漂，

　　　　气断神疲精力销；

　　　　他的船儿不会翻，

　　　　暴风雨里受苦难。

　　　　瞧我有些什么东西？

女巫乙　给我看，给我看。

女巫甲　这是一个在归途覆舟殒命的舵工的拇指。（内鼓声。）

女巫丙　鼓声！鼓声！麦克白来了。

三女巫　（合）手携手，三姊妹，

　　　　沧海高山弹指地，

　　　　朝飞暮返任游戏。

　　　　姊三巡，妹三巡，

　　　　三三九转蛊方成。

　　　　　　　麦克白及班柯上。

麦克白　我从来没有见过这样阴郁而又光明的日子。

班柯　到福累斯还有多少路？这些是什么人，形容这样枯瘦，服装这样怪诞，不像是地上的居民，可是却在地上出现？你们是活人吗？你们能不能回答我们的问题？好像你们懂得我的话，每一个人都同时把她满是皱纹的手指按在她的干枯的嘴唇上。你们应当是女人，可是你们的胡须却使我不敢相信你们是女人。

麦克白　你们要是能够讲话，告诉我们你们是什么人？

女巫甲　万福，麦克白！祝福你，葛莱密斯爵士！

女巫乙　万福，麦克白！祝福你，考特爵士！

女巫丙　万福，麦克白，未来的君王！

班柯　将军，您为什么这样吃惊，好像害怕这种听上去很好的消息似的？用真理的名义回答我，你们到底是幻象呢，还是果真像你们所显现的那种生物？你们向我的高贵的同伴致敬，并且预言他未来的尊荣和远大的希望，使他仿佛听得出了神；可是你们却没有对我说一句话。要是你们能够洞察时间所播的种子，知道哪一颗会长成，哪一颗不会长成，那么请对我说吧；我既不乞讨你们的恩惠，也不惧怕你们的憎恨。

女巫甲　祝福！

女巫乙　祝福！

女巫丙　祝福！

女巫甲　比麦克白低微，可是你的地位在他之上。

女巫乙　不像麦克白那样幸运，可是比他更有福。

女巫丙　你虽然不是君王，你的子孙将要君临一国。万福，麦克白和班柯！

女巫甲　班柯和麦克白，万福！

麦克白　且慢，你们这些闪烁其辞的预言者，明白一点告诉我。西纳尔①死了以后，我知道我已经晋封为葛莱密斯爵士；

---

①西纳尔是麦克白的父亲。

可是怎么会做起考特爵士来呢？考特爵士现在还活着，他的势力非常煊赫；至于说我是未来的君王，那正像说我是考特爵士一样难于置信。说，你们这种奇怪的消息是从什么地方得来的？为什么你们要在这荒凉的旷野用这种预言式的称呼使我们止步？说，我命令你们。（三女巫隐去。）

班柯　水上有泡沫，土地也有泡沫，这些便是大地上的泡沫。她们消失到什么地方去了？

麦克白　消失在空气之中，好像是有形体的东西，却像呼吸一样融化在风里了。我倒希望她们再多留一会儿。

班柯　我们正在谈论的这些怪物，果然曾经在这儿出现吗？还是因为我们误食了令人疯狂的草根，已经丧失了我们的理智？

麦克白　您的子孙将要成为君王。

班柯　您自己将要成为君王。

麦克白　而且还要做考特爵士；她们不是这样说的吗？

班柯　正是这样说的。谁来啦？

　　　　　　　　洛斯及安格斯上。

洛斯　麦克白，王上已经很高兴地接到了你的胜利的消息；当他听见你在这次征讨叛逆的战争中所表现的英勇的勋绩的时候，他简直不知道应当惊异还是应当赞叹，在这两种心理的交相冲突之下，他快乐得说不出话来。他又得知你在同一天之内，又在雄壮的挪威大军的阵地上出现，不因为你自己亲手造成的死亡的惨象而感到些微的恐惧。报信的人像密雹一样接踵而至，异口同声地在他的面前称颂你的保卫祖国的大功。

安格斯 我们奉王上的命令前来，向你传达他的慰劳的诚意；我们的使命只是迎接你回去面谒王上，不是来酬答你的功绩。

洛斯 为了向你保证他将给你更大的尊荣起见，他叫我替你加上考特爵士的称号；祝福你，最尊贵的爵士！这一个尊号是属于你的了。

班柯 什么！魔鬼居然会说真话吗？

麦克白 考特爵士现在还活着；为什么你们要替我穿上借来的衣服？

安格斯 原来的考特爵士现在还活着，可是因为他自取其咎，犯了不赦的重罪，在无情的判决之下，将要失去他的生命。他究竟有没有和挪威人公然联合，或者曾经给叛党秘密的援助，或者同时用这两种手段来图谋颠覆他的祖国，我还不能确实知道；可是他的叛国的重罪，已经由他亲口供认，并且有了事实的证明，使他遭到了毁灭的命运。

麦克白 （旁白）葛莱密斯，考特爵士；最大的尊荣还在后面。（向洛斯、安格斯）谢谢你们的跋涉。（向班柯）您不希望您的子孙将来做君王吗？方才她们称呼我做考特爵士，不同时也许给您的子孙莫大的尊荣吗？

班柯 您要是果然完全相信了她们的话，也许做了考特爵士以后，还渴望想把王冠攫到手里。可是这种事情很奇怪；魔鬼为了要陷害我们起见，往往故意向我们说真话，在小事情上取得我们的信任，然后在重要的关头我们便会堕入他的圈套。两位大人，让我对你们说句话。

麦克白 （旁白）两句话已经证实，这好比是美妙的开场白，接下去就是帝王登场的正戏了。（向洛斯、安格斯）谢谢你们两

位。（旁白）这种神奇的启示不会是凶兆，可是也不像是
吉兆。假如它是凶兆，为什么用一开头就应验的预言保证
我未来的成功呢？我现在不是已经做了考特爵士了吗？假
如它是吉兆，为什么那句话会在我脑中引起可怖的印象，
使我毛发悚然，使我的心全然失去常态，噗噗地跳个不住
呢？想像中的恐怖远过于实际上的恐怖；我的思想中不过
偶然浮起了杀人的妄念，就已经使我全身震撼，心灵在胡
思乱想中丧失了作用，把虚无的幻影认为真实了。

班柯　瞧，我们的同伴想得多么出神。

麦克白　（旁白）要是命运将会使我成为君王，那么也许命运会替
我加上王冠，用不着我自己费力。

班柯　新的尊荣加在他的身上，就像我们穿上新衣服一样，在没
有穿惯以前，总觉得有些不大适合身材。

麦克白　（旁白）事情要来尽管来吧，到头来最难堪的日子也会对
付得过去的。

班柯　尊贵的麦克白，我们在等候着您的意旨。

麦克白　原谅我；我的迟钝的脑筋刚才偶然想起了一些已经忘记
了的事情，两位大人，你们的辛苦已经铭刻在我的心上，
我每天都要把它翻开来诵读。让我们到王上那儿去。想一
想最近发生的这些事情；等我们把一切仔细考虑过以后，
再把各人心里的意思彼此开诚相告吧。

班柯　很好。

麦克白　现在暂时不必多说。来，朋友们。（同下。）

第四场　福累斯。宫中一室

喇叭奏花腔。邓肯、马尔康、道纳本、列诺克斯及侍从等上。

邓肯　考特的死刑已经执行完毕没有？监刑的人还没有回来吗？

马尔康　陛下，他们还没有回来；可是我曾经和一个亲眼看见他就刑的人谈过话，他说他很坦白地供认他的叛逆，请求您宽恕他的罪恶，并且表示深切的悔恨。他的一生行事，从来不曾像他临终的时候那样得体；他抱着视死如归的态度，抛弃了他的最宝贵的生命，就像它是不足介意、不值一钱的东西一样。

邓肯　世上还没有一种方法，可以从一个人的脸上探察他的居心；他是我所曾经绝对信任的一个人。

麦克白、班柯、洛斯及安格斯上。

邓肯　啊，最值得钦佩的表弟！我的忘恩负义的罪恶，刚才还重压在我的心头。你的功劳太超越寻常了，飞得最快的报酬都追不上你；要是它再微小一点，那么也许我可以按照适当的名分，给你应得的感谢和酬劳；现在我只能这样说，一切的报酬都不能抵偿你的伟大的勋绩。

麦克白　为陛下尽忠效命，它的本身就是一种酬报。接受我们的劳力是陛下的名分；我们对于陛下和王国的责任，正像子女和奴仆一样，为了尽我们的敬爱之忱，无论做什么事都是应该的。

邓肯　欢迎你回来；我已经开始把你栽培，我要努力使你繁茂。

麦
克
白

尊贵的班柯，你的功劳也不在他之下，让我把你拥抱在我的心头。

班柯 要是我能够在陛下的心头生长，那收获是属于陛下的。

邓肯 我的洋溢在心头的盛大的喜乐，想要在悲哀的泪滴里隐藏它自己。吾儿，各位国戚，各位爵士，以及一切最亲近的人，我现在向你们宣布立我的长子马尔康为储君，册封为肯勃兰亲王，他将来要继承我的王位；不仅仅是他一个人受到这样的光荣，广大的恩宠将要像繁星一样，照耀在每一个有功者的身上。陪我到殷佛纳斯去，让我再叨受你一次盛情的招待。

麦克白 不为陛下效劳，闲暇成了苦役。让我做一个前驱者，把陛下光降的喜讯先去报告我的妻子知道；现在我就此告辞了。

邓肯 我的尊贵的考特！

麦克白 （旁白）肯勃兰亲王！这是一块横在我的前途的阶石，我必须跳过这块阶石，否则就要颠仆在它的上面。星星啊，收起你们的火焰！不要让光亮照见我的黑暗幽深的欲望。眼睛啊，别望这双手吧；可是我仍要下手，不管干下的事会吓得眼睛不敢看。（下。）

邓肯 真的，尊贵的班柯；他真是英勇非凡，我已经饱听人家对他的赞美，那对我就像是一桌盛筵。他现在先去预备款待我们了，让我们跟上去。真是一个无比的国戚。（喇叭奏花腔。众下。）

第五场 殷佛纳斯。麦克白的城堡

麦克白夫人上，读信。

麦克白夫人 "她们在我胜利的那天遇到我；我根据最可靠的说法，知道她们是具有超越凡俗的知识的。当我燃烧着热烈的欲望，想要向她们详细询问的时候，她们已经化为一阵风不见了。我正在惊奇不置，王上的使者就来了，他们都称我为'考特爵士'；那一个尊号正是这些神巫用来称呼我的，而且她们还对我作这样的预示，说是'祝福，未来的君王！'我想我应该把这样的消息告诉你，我的最亲爱的有福同享的伴侣，好让你不致于因为对于你所将要得到的富贵一无所知，而失去你所应该享有的欢欣。把它放在你的心头，再会。"你本是葛莱密斯爵士，现在又做了考特爵士，将来还会达到那预言所告诉你的那样高位。可是我却为你的天性忧虑：它充满了太多的人情的乳臭，使你不敢采取最近的捷径；你希望做一个伟大的人物，你不是没有野心，可是你却缺少和那种野心相联属的奸恶；你的欲望很大，但又希望只用正当的手段；一方面不愿玩弄机诈，一方面却又要作非分的攫夺；伟大的爵士，你想要的那东西正在喊："你要到手，就得这样干！"你也不是不肯这样干，而是怕干。赶快回来吧，让我把我的精神力量倾注在你的耳中；命运和玄奇的力量分明已经准备把黄金的宝冠罩在你的头上，让我用舌尖的勇气，把那阻止你得到那顶王冠的一切障碍驱扫一空吧。

一使者上。

麦克白

麦克白夫人　你带了些什么消息来？

使者　王上今晚要到这儿来。

麦克白夫人　你在说疯话吗？主人是不是跟王上在一起？要是果真有这一回事，他一定会早就通知我们准备的。

使者　禀夫人，这话是真的。我们的爵爷快要来了；我的一个伙伴比他早到了一步，他跑得气都喘不过来，好容易告诉了我这个消息。

麦克白夫人　好好看顾他；他带来了重大的消息。（使者下）报告邓肯走进我这堡门来送死的乌鸦，它的叫声是嘶哑的。来，注视着人类恶念的魔鬼们！解除我的女性的柔弱，用最凶恶的残忍自顶至踵贯注在我的全身；凝结我的血液，不要让怜悯钻进我的心头，不要让天性中的恻隐摇动我的狠毒的决意！来，你们这些杀人的助手，你们无形的躯体散满在空间，到处找寻为非作恶的机会，进入我的妇人的胸中，把我的乳水当作胆汁吧！来，阴沉的黑夜，用最昏暗的地狱中的浓烟罩住你自己，让我的锐利的刀瞧不见它自己切开的伤口，让青天不能从黑暗的重衾里探出头来，高喊"住手，住手！"

　　　　　　麦克白上。

麦克白夫人　伟大的葛莱密斯！尊贵的考特！比这二者更伟大、更尊贵的未来的统治者！你的信使我飞越蒙昧的现在，我已经感觉到未来的搏动了。

麦克白　我的最亲爱的亲人，邓肯今晚要到这儿来。

麦克白夫人　什么时候回去呢？

麦克白　他预备明天回去。

麦克白夫人 啊！太阳永远不会见到那样一个明天。您的脸，我的爵爷，正像一本书，人们可以从那上面读到奇怪的事情。您要欺骗世人，必须装出和世人同样的神气；让您的眼睛里、您的手上、您的舌尖，随处流露着欢迎；让人家瞧您像一朵纯洁的花朵，可是在花瓣底下却有一条毒蛇潜伏。我们必须准备款待这位将要来到的贵宾；您可以把今晚的大事交给我去办；凭此一举，我们今后就可以日日夜夜永远掌握君临万民的无上权威。

麦克白 我们还要商量商量。

麦克白夫人 泰然自若地抬起您的头来；脸上变色最易引起猜疑。其他一切都包在我身上。（同下。）

第六场　同前。城堡之前

　　高音笛奏乐。火炬前导；邓肯、马尔康、道纳本、班柯、列诺克斯、麦克德夫、洛斯、安格斯及侍从等上。

邓肯 这座城堡的位置很好；一阵阵温柔的和风轻轻吹拂着我们微妙的感觉。

班柯 夏天的客人——巡礼庙宇的燕子，也在这里筑下了它的温暖的巢居，这可以证明这里的空气有一种诱人的香味；檐下梁间、墙头屋角，无不是这鸟儿安置吊床和摇篮的地方：凡是它们生息繁殖之处，我注意到空气总是很新鲜芬芳。

　　麦克白夫人上。

邓肯　瞧，瞧，我们的尊贵的主妇！到处跟随我们的挚情厚爱，有时候反而给我们带来麻烦，可是我们还是要把它当作厚爱来感谢；所以根据这个道理，我们给你带来了麻烦，你还应该感谢我们，祷告上帝保佑我们。

麦克白夫人　我们的犬马微劳，即使加倍报效，比起陛下赐给我们的深恩广泽来，也还是不足挂齿的；我们只有燃起一瓣心香，为陛下祷祝上苍，报答陛下过去和新近加于我们的荣宠。

邓肯　考特爵士呢？我们想要追在他的前面，趁他没有到家，先替他设筵洗尘；不料他骑马的本领十分了不得，他的一片忠心使他急如星火，帮助他比我们先到了一步。高贵贤淑的主妇，今天晚上我要做您的宾客了。

麦克白夫人　只要陛下吩咐，您的仆人们随时准备把他们自己和他们所有的一切开列清单，向陛下报账，把原来属于陛下的依旧呈献给陛下。

邓肯　把您的手给我；领我去见我的居停主人。我很敬爱他，我还要继续眷顾他。请了，夫人。（同下。）

第七场　同前。堡中一室

　　　　高音笛奏乐；室中遍燃火炬。一司膳及若干仆人持肴馔食具上，自台前经过。麦克白上。

麦克白　要是干了以后就完了，那么还是快一点干；要是凭着暗杀的手段，可以攫取美满的结果，又可以排除了一切后患；要是这一刀砍下去，就可以完成一切、终结一切、解决一切——在这人世上，仅仅在这人世上，在时间这大海的浅滩上；那么来生我也就顾不到了。可是在这种事情上，我们往往逃不过现世的裁判；我们树立下血的榜样，教会别人杀人，结果反而自己被人所杀；把毒药投入酒杯里的人，结果也会自己饮鸩而死，这就是一丝不爽的报应。他到这儿来本有两重的信任：第一，我是他的亲戚，又是他的臣子，按照名分绝对不能干这样的事；第二，我是他的主人，应当保障他身体的安全，怎么可以自己持刀行刺？而且，这个邓肯秉性仁慈，处理国政，从来没有过失，要是把他杀死了，他的生前的美德，将要像天使一般发出喇叭一样清澈的声音，向世人昭告我的弑君重罪；"怜悯"像一个赤身裸体在狂风中飘游的婴儿，又像一个御气而行的天婴，将要把这可憎的行为揭露在每一个人的眼中，使眼泪淹没叹息。没有一种力量可以鞭策我实现自己的意图，可是我的跃跃欲试的野心，却不顾一切地驱着我去冒颠蹶的危险。——

    麦克白夫人上。

麦克白　啊！什么消息？

麦克白夫人　他快要吃好了；你为什么从大厅里跑了出来？

麦克白　他有没有问起我？

麦克白夫人　你不知道他问起过你吗？

麦克白　我们还是不要进行这一件事情吧。他最近给我极大的尊荣；我也好容易从各种人的嘴里博到了无上的美誉，我的名声现在正在发射最灿烂的光彩，不能这么快就把它丢弃了。

麦克白夫人　难道你把自己沉浸在里面的那种希望，只是醉后的妄想吗？它现在从一场睡梦中醒来，因为追悔自己的孟浪，而吓得脸色这样苍白吗？从这一刻起，我要把你的爱情看作同样靠不住的东西。你不敢让你在行为和勇气上跟你的欲望一致吗？你宁愿像一头畏首畏尾的猫儿，顾全你所认为生命的装饰品的名誉，不惜让你在自己眼中成为一个懦夫，让"我不敢"永远跟随在"我想要"的后面吗？

麦克白　请你不要说了。只要是男子汉做的事，我都敢做；没有人比我有更大的胆量。

麦克白夫人　那么当初是什么畜生使你把这一种企图告诉我的呢？是男子汉就应当敢作敢为；要是你敢做一个比你更伟大的人物，那才更是一个男子汉。那时候，无论时间和地点都不曾给你下手的方便，可是你却居然决意要实现你的愿望；现在你有了大好的机会，你又失去勇气了。我曾经哺乳过婴孩，知道一个母亲是怎样怜爱那吮吸她乳汁的子女；可是我会在它看着我的脸微笑的时候，从它的柔软的嫩嘴里摘下我的乳头，把它的脑袋砸碎，要是我也像你一样，曾经发誓下这样毒手的话。

麦克白　假如我们失败了——

麦克白夫人　我们失败！只要你集中你的全副勇气，我们决不会失败。邓肯赶了这一天辛苦的路程，一定睡得很熟；我再去陪他那两个侍卫饮酒作乐，灌得他们头脑昏沉、记忆化成一阵烟雾；等他们烂醉如泥、像死猪一样睡去以后，我们不就可以把那毫无防卫的邓肯随意摆布了吗？我们不是可以把这一件重大的谋杀罪案，推在他的酒醉的侍卫身上吗？

麦克白　愿你所生育的全是男孩子，因为你的无畏的精神，只应该铸造一些刚强的男性。要是我们在那睡在他寝室里的两个人身上涂抹一些血迹，而且就用他们的刀子，人家会不会相信真是他们干下的事？

麦克白夫人　等他的死讯传出以后，我们就假意装出号啕痛哭的样子，这样还有谁敢不相信？

麦克白　我的决心已定，我要用全身的力量，去干这件惊人的举动。去，用最美妙的外表把人们的耳目欺骗；奸诈的心必须罩上虚伪的笑脸。（同下。）

麦
克
白

第二幕

第一场　殷佛纳斯。堡中庭院

仆人执火炬引班柯及弗里恩斯上。

班柯　孩子，夜已经过了几更了？

弗里恩斯　月亮已经下去；我还没有听见打钟。

班柯　月亮是在十二点钟下去的。

弗里恩斯　我想不止十二点钟了，父亲。

班柯　等一下，把我的剑拿着。天上也讲究节俭，把灯烛一起熄灭了。把那个也拿着。催人入睡的疲倦，像沉重的铅块一样压在我的身上，可是我却一点也不想睡。慈悲的神明！抑制那些罪恶的思想，不要让它们潜入我的睡梦之中。

麦克白上，一仆人执火炬随上。

班柯　把我的剑给我。——那边是谁？

麦克白　一个朋友。

班柯　什么，爵爷！还没有安息吗？王上已经睡了；他今天非常高兴，赏了你家仆人许多东西。这一颗金刚钻是他送给尊夫人的，他称她为最殷勤的主妇。无限的愉快笼罩着他的全身。

麦克白　我们因为事先没有准备，恐怕有许多招待不周的地方。

班柯　好说好说。昨天晚上我梦见那三个女巫；她们对您所讲的话倒有几分应验。

麦克白　我没有想到她们；可是等我们有了工夫，不妨谈谈那件事，要是您愿意的话。

班柯　悉如尊命。

麦克白　您听从了我的话，包您有一笔富贵到手。

班柯　为了觊觎富贵而丧失荣誉的事，我是不干的；要是您有什么见教，只要不毁坏我的清白的忠诚，我都愿意接受。

麦克白　那么慢慢再说，请安息吧。

班柯　谢谢；您也可以安息啦。（班柯、弗里恩斯同下。）

麦克白　去对太太说要是我的酒①预备好了，请她打一下钟。你去睡吧。（仆人下）在我面前摇晃着、它的柄对着我的手的，不是一把刀子吗？来，让我抓住你。我抓不到你，可是仍旧看见你。不祥的幻象，你只是一件可视不可触的东西吗？或者你不过是一把想像中的刀子，从狂热的脑筋里发出来的虚妄的意匠？我仍旧看见你，你的形状正像我现在拔出的这一把刀子一样明显。你指示着我所要去的方向，

①指睡前所喝的牛乳酒。

麦克白

告诉我应当用什么利器。我的眼睛倘不是上了当，受其他知觉的嘲弄，就是兼领了一切感官的机能。我仍旧看见你；你的刃上和柄上还流着一滴一滴刚才所没有的血。没有这样的事；杀人的恶念使我看见这种异象。现在在半个世界上，一切生命仿佛已经死去，罪恶的梦景扰乱着平和的睡眠，作法的女巫在向惨白的赫卡忒献祭；形容枯瘦的杀人犯，听到了替他巡哨、报更的豺狼的嗥声，仿佛淫乱的塔昆蹑着脚步像一个鬼似的向他的目的地走去。坚固结实的大地啊，不要听见我的脚步声音是向什么地方去的，我怕路上的砖石会泄漏了我的行踪，把黑夜中一派阴森可怕的气氛破坏了。我正在这儿威胁他的生命，他却在那儿活得好好的；在紧张的行动中间，言语不过是一口冷气。（钟声）我去，就这么干；钟声在招引我。不要听它，邓肯，这是召唤你上天堂或者下地狱的丧钟。（下。）

第二场　同前

麦克白夫人上。

麦克白夫人　酒把他们醉倒了，却提起了我的勇气；浇熄了他们的馋焰，却燃起了我心头的烈火。听！不要响！这是夜枭在啼声，它正在鸣着丧钟，向人们道凄厉的晚安。他在那儿动手了。门都开着，那两个醉饱的侍卫用鼾声代替他们的守望；我曾经在他们的乳酒里放下麻药，瞧他们熟睡的样子，简直分别不出他们是活人还是死人。

麦克白 （在内）那边是谁？喂！

麦克白夫人 嗳哟！我怕他们已经醒过来了，这件事情却还没有办好；不是罪行本身，而是我们的企图毁了我们。听！我把他们的刀子都放好了；他不会找不到的。倘不是我看他睡着的样子活像我的父亲，我早就自己动手了。我的丈夫！

麦克白上。

麦克白 我已经把事情办好了。你没有听见一个声音吗？

麦克白夫人 我听见枭啼和蟋蟀的鸣声。你没有讲过话吗？

麦克白 什么时候？

麦克白夫人 刚才。

麦克白 我下来的时候吗？

麦克白夫人 嗯。

麦克白 听！谁睡在隔壁的房间里？

麦克白夫人 道纳本。

麦克白 （视手）好惨！

麦克白夫人 别发傻，惨什么。

麦克白 一个人在睡梦里大笑，还有一个人喊"杀人啦！"他们把彼此惊醒了；我站定听他们；可是他们念完祷告，又睡着了。

麦克白夫人 是有两个睡在那一间。

麦克白 一个喊，"上帝保佑我们！"一个喊，"阿门！"好像他们看见我高举这一双杀人的血手似的。听着他们惊慌的口气，当他们说过了"上帝保佑我们"以后，我想要说"阿门"，却怎么也说不出来。

麦
克
白

麦克白夫人　不要把它放在心上。

麦克白　可是我为什么说不出"阿门"两个字来呢？我才是最需要上帝垂恩的，可是"阿门"两个字却哽在我的喉头。

麦克白夫人　我们干这种事，不能尽往这方面想下去；这样想着是会使我们发疯的。

麦克白　我仿佛听见一个声音喊着："不要再睡了！麦克白已经杀害了睡眠，"那清白的睡眠，把忧虑的乱丝编织起来的睡眠，那日常的死亡，疲劳者的沐浴，受伤的心灵的油膏，大自然的最丰盛的菜肴，生命的盛筵上主要的营养，——

麦克白夫人　你这种话是什么意思？

麦克白　那声音继续向全屋了喊着："不要再睡了！葛莱密斯已经杀害了睡眠，所以考特将再也得不到睡眠，麦克白将再也得不到睡眠！"

麦克白夫人　谁喊着这样的话？唉，我的爵爷，您这样胡思乱想，是会妨害您的健康的。去拿些水来，把您手上的血迹洗净。为什么您把这两把刀子带了来？它们应该放在那边。把它们拿回去，涂一些血在那两个熟睡的侍卫身上。

麦克白　我不高兴再去了；我不敢回想刚才所干的事，更没有胆量再去看它一眼。

麦克白夫人　意志动摇的人！把刀子给我。睡着的人和死了的人不过和画像一样；只有小儿的眼睛才会害怕画中的魔鬼。要是他还流着血，我就把它涂在那两个侍卫的脸上；因为我们必须让人家瞧着是他们的罪恶。（下。内敲门声。）

麦克白　那打门的声音是从什么地方来的？究竟是怎么一回事，一点点的声音都会吓得我心惊肉跳？这是什么手！嘿！它们要挖出我的眼睛。大洋里所有的水，能够洗净我手上的血迹吗？不，恐怕我这一手的血，倒要把一碧无垠的海水染成一片殷红呢。

麦克白夫人重上。

麦克白夫人　我的两手也跟你的同样颜色了，可是我的心却羞于像你那样变成惨白。（内敲门声）我听见有人打着南面的门；让我们回到自己房间里去；一点点的水就可以替我们泯除痕迹；不是很容易的事吗？你的魄力不知道到哪儿去了。（内敲门声）听！又在那儿打门了。披上你的睡衣，也许人家会来找我们，不要让他们看见我们还没有睡觉。别这样傻头傻脑地呆想了。

麦克白　要想到我所干的事，最好还是忘掉我自己。（内敲门声）用你打门的声音把邓肯惊醒了吧！我希望你能够惊醒他！（同下。）

第三场　同前

内敲门声。一门房上。

门房　门打得这样厉害！要是一个人在地狱里做了管门人，就是拔闩开锁也足够他办的了。（内敲门声）敲，敲，敲！凭着魔鬼的名义，谁在那儿？一定是个囤积粮食的富农，眼看碰上了丰收的年头，就此上了吊。赶快进来吧，多预备几方手帕，这儿是火坑，包你淌一身臭汗。（内敲门声）敲，敲！凭着还有一个魔鬼的名字，是谁在那儿？哼，一定是什么讲起话来暧昧含糊的家伙，他会同时站在两方面，一会儿帮着这个骂那个，一会儿帮着那个骂这个；他曾经为了上帝的缘故，干过不少亏心事，可是他那条暧昧含糊的舌头却不能把他送上天堂去。啊！进来吧，暧昧含糊的家伙。（内敲门声）敲，敲，敲！谁在那儿？哼，一定是什么英国的裁缝，他生前给人做条法国裤还要偷材料①，所以到了这里来。进来吧，裁缝；你可以在这儿烧你的烙铁。（内敲门声）敲，敲；敲个不停！你是什么人？可是这儿太冷，当不成地狱呢。我再也不想做这鬼看门人了。我倒很想放进几个各色各样的人来，让他们经过酒池肉林，一直到刀山火焰上去。（内敲门声）来了，来了！请你记着我这看门的人。（开门。）

麦克德夫及列诺克斯上。

麦克德夫　朋友，你是不是睡得太晚了，所以睡到现在还爬不起来？

门房　不瞒您说，大人，我们昨天晚上喝酒，一直闹到第二遍鸡啼哩；喝酒这一件事，大人，最容易引起三件事情。

麦克德夫　是哪三件事情？

门房　呃，大人，酒糟鼻、睡觉和撒尿。淫欲呢，它挑起来也压下去；它挑起你的春情，可又不让你真的干起来。所以多喝酒，对于淫欲也可以说是个两面派：成全它，又破坏它；捧它的场，又拖它的后腿；鼓励它，又打击它；替它撑腰，又让它站不住脚；结果呢，两面派把它哄睡了，叫

---

①当时法国裤很紧窄，在这种裤子上偷材料的裁缝，必是老手。

它做了一场荒唐的春梦，就溜之大吉了。

麦克德夫　我看昨晚上杯子里的东西就叫你做了一场春梦吧。

门房　可不是，大爷，让我从来也没这么荒唐过。可我也不是好惹的，依我看，我比它强，我虽然不免给它揪住大腿，可我终究把它摔倒了。

麦克德夫　你的主人起来了没有？

　　　　　麦克白上。

麦克德夫　我们打门把他吵醒了；他来了。

列诺克斯　早安，爵爷。

麦克白　两位早安。

麦克德夫　爵爷，王上起来了没有？

麦克白　还没有。

麦克德夫　他叫我一早就来叫他；我几乎误了时间。

麦克白　我带您去看他。

麦克德夫　我知道这是您乐意干的事，可是有劳您啦。

麦克白　我们喜欢的工作，可以使我们忘记劳苦。这门里就是。

麦克德夫　那么我就冒昧进去了，因为我奉有王上的命令。（下。）

列诺克斯　王上今天就要走吗？

麦克白　是的，他已经这样决定了。

列诺克斯　昨天晚上刮着很厉害的暴风，我们住的地方，烟囱都给吹了下来；他们还说空中有哀哭的声音，有人听见奇怪的死亡的惨叫，还有人听见一个可怕的声音，预言着将要有一场绝大的纷争和混乱，降临在这不幸的时代。黑暗中出现的凶鸟整整地吵了一个漫漫的长夜；有人说大地都发热而战抖起来了。

麦克白　果然是一个可怕的晚上。

列诺克斯　我的年轻的经验里唤不起一个同样的回忆。

　　　　　麦克德夫重上。

麦克德夫　啊，可怕！可怕！可怕！不可言喻、不可想像的恐怖！

麦克白、列诺克斯　什么事？

麦克德夫　混乱已经完成了他的杰作！大逆不道的凶手打开了王上的圣殿，把它的生命偷了去了！

麦克白　你说什么？生命？

列诺克斯　你是说陛下吗？

麦克德夫　到他的寝室里去，让一幕惊人的惨剧昏眩你们的视觉吧。不要向我追问；你们自己去看了再说。（麦克白、列诺克斯同下）醒来！醒来！敲起警钟来。杀了人啦！有人在谋反啦！班柯！道纳本！马尔康！醒来！不要贪恋温柔的睡眠，那只是死亡的表象，瞧一瞧死亡的本身吧！起来，起来，瞧瞧世界末日的影子！马尔康！班柯！像鬼魂从坟墓里起来一般，过来瞧瞧这一幕恐怖的景象吧！把钟敲起来！（钟鸣。）

　　　　　麦克白夫人上。

麦克白夫人　为什么要吹起这样凄厉的号角，把全屋子睡着的人唤醒？说，说！

麦克德夫　啊，好夫人！我不能让您听见我嘴里的消息，它一进到妇女的耳朵里，是比利剑还要难受的。

　　　　　班柯上。

麦克德夫　啊，班柯！班柯！我们的主上给人谋杀了！

麦克白夫人　嗳哟！什么！在我们的屋子里吗？

班柯　无论在什么地方，都是太惨了。好德夫，请你收回你刚才
　　　　说过的话，告诉我们没有这么一回事。

　　　　　　　麦克白及列诺克斯重上。

麦克白　要是我在这件变故发生以前一小时死去，我就可以说是
　　　　活过了一段幸福的时间；因为从这一刻起，人生已经失去
　　　　它的严肃的意义，一切都不过是儿戏；荣名和美德已经死
　　　　了，生命的美酒已经喝完，剩下来的只是一些无味的渣滓，
　　　　当作酒窖里的珍宝。

　　　　　　　马尔康及道纳本上。

道纳本　出了什么乱子了？

麦克白　你们还没有知道你们重大的损失；你们的血液的源泉已
　　　　经切断了，你们的生命的根本已经切断了。

麦克德夫　你们的父王给人谋杀了。

马尔康　啊！给谁谋杀的？

列诺克斯　瞧上去是睡在他房间里的那两个家伙干的事；他们的
　　　　手上脸上都是血迹；我们从他们枕头底下搜出了两把刀，
　　　　刀上的血迹也没有揩掉；他们的神色惊惶万分；谁也不能
　　　　把他自己的生命信托给这种家伙。

麦克白　啊！可是我后悔一时卤莽，把他们杀了。

麦克德夫　你为什么杀了他们？

麦克白　谁能够在惊愕之中保持冷静，在盛怒之中保持镇定，在
　　　　激于忠愤的时候保持他的不偏不倚的精神？世上没有这样
　　　　的人吧。我的理智来不及控制我的愤激的忠诚。这儿躺着
　　　　邓肯，他的白银的皮肤上镶着一缕缕黄金的宝血，他的创
　　　　巨痛深的伤痕张开了裂口，像是一道道毁灭的门户；那边

麦克白

站着这两个凶手，身上浸润着他们罪恶的颜色，他们的刀上凝结着刺目的血块；只要是一个尚有几分忠心的人，谁不要怒火中烧，替他的主子报仇雪恨？

麦克白夫人　啊，快来扶我进去！

麦克德夫　快来照料夫人。

马尔康　（向道纳本旁白）这是跟我们切身相关的事情，为什么我们一言不发？

道纳本　（向马尔康旁白）我们身陷危境，不可测的命运随时都会吞噬我们，还有什么话好说呢？去吧，我们的眼泪现在还只在心头酝酿呢。

马尔康　（向道纳本旁白）我们的沉重的悲哀也还没有开头呢。

班柯　照料这位夫人。（侍从扶麦克白夫人下）我们这样袒露着身子，不免要受凉，大家且去披了衣服，回头再举行一次会议，详细彻查这一件最残酷的血案的真相。恐惧和疑虑使我们惊惶失措；站在上帝的伟大的指导之下，我一定要从尚未揭发的假面具下面，探出叛逆的阴谋，和它作殊死的奋斗。

麦克德夫　我也愿意作同样的宣告。

众人　我们也都抱着同样的决心。

麦克白　让我们赶快穿上战士的衣服，大家到厅堂里商议去。

众人　很好。（除马尔康、道纳本外均下。）

马尔康　你预备怎么办？我们不要跟他们在一起。假装出一副悲哀的脸，是每一个奸人的拿手好戏。我要到英格兰去。

道纳本　我到爱尔兰去；我们两人各奔前程，对于彼此都是比较安全的办法。我们现在所在的地方，人们的笑脸里都暗藏着利刃；越是跟我们血统相近的人，越是想喝我们的血。

马尔康　杀人的利箭已经射出，可是还没有落下，避过它的目标
是我们唯一的活路。所以赶快上马吧；让我们不要斤斤于
告别的礼貌，趁着有便就溜出去；明知没有网开一面的希
望，就该及早逃避弋人的罗网。（同下。）

第四场　同前。城堡外

洛斯及一老翁上。

老翁　我已经活了七十个年头，惊心动魄的日子也经过得不少，
稀奇古怪的事情也看到过不少，可是像这样可怕的夜晚，
却还是第一次遇见。

洛斯　啊！好老人家，你看上天好像恼怒人类的行为，在向这流
血的舞台发出恐吓。照钟点现在应该是白天了，可是黑夜
的魔手却把那盏在天空中运行的明灯遮蔽得不露一丝光
亮。难道黑夜已经统治一切，还是因为白昼不屑露面，所
以在这应该有阳光遍吻大地的时候，地面上却被无边的黑
暗所笼罩？

老翁　这种现象完全是反常的，正像那件惊人的血案一样。在上
星期二那天，有一头雄踞在高岩上的猛鹰，被一只吃田鼠
的鸱鸮飞来啄死了。

洛斯　还有一件非常怪异可是十分确实的事情，邓肯有几匹躯干
俊美、举步如飞的骏马，的确是不可多得的良种，忽然野
性大发，撞破了马棚，冲了出来，倔强得不受羁勒，好像

麦
克
白

要向人类挑战似的。

老翁　据说它们还彼此相食。

洛斯　是的，我亲眼看见这种事情，简直不敢相信自己的眼睛。麦克德夫来了。

　　　　　　　麦克德夫上。

洛斯　情况现在变得怎么样啦？

麦克德夫　啊，您没有看见吗？

洛斯　谁干的这件残酷得超乎寻常的罪行已经知道了吗？

麦克德夫　就是那两个给麦克白杀死了的家伙。

洛斯　唉！他们干了这件事可以希望得到什么好处呢？

麦克德夫　他们是受人的指使。马尔康和道纳本，王上的两个儿子，已经偷偷地逃走了，这使他们也蒙上了嫌疑。

洛斯　那更加违反人情了！反噬自己的命根，这样的野心会有什么好结果呢？看来大概王位要让麦克白登上去了。

麦克德夫　他已经受到推举，现在到斯贡即位去了。

洛斯　邓肯的尸体在什么地方？

麦克德夫　已经抬到戈姆基尔，他的祖先的陵墓上。

洛斯　您也要到斯贡去吗？

麦克德夫　不，大哥，我还是到费辅去。

洛斯　好，我要到那里去看看。

麦克德夫　好，但愿您看见那里的一切都是好好的，再会！怕只怕我们的新衣服不及旧衣服舒服哩！

洛斯　再见，老人家。

老翁　上帝祝福您，也祝福那些把恶事化成善事、把仇敌化为朋友的人们！（各下。）

第三幕

第一场　福累斯。宫中一室

　　　　班柯上。

班柯　你现在已经如愿以偿了：国王、考特、葛莱密斯，一切符
　　合女巫们的预言；你得到这种富贵的手段恐怕不大正当；
　　可是据说你的王位不能传及子孙，我自己却要成为许多君
　　王的始祖。要是她们的话里也有真理，就像对于你所显示
　　的那样，那么，既然她们所说的话已经在你麦克白身上应
　　验，难道不也会成为对我的启示，使我对未来发生希望
　　吗？可是闭口！不要多说了。

　　　　喇叭奏花腔。麦克白王冠王服；麦克白夫人后冠后服；
　　　　列诺克斯、洛斯、贵族、贵妇、侍从等上。

麦克白　这儿是我们主要的上宾。

麦克
白

麦克白夫人　要是忘记了请他，那就要成为我们盛筵上绝大的遗憾，一切都要显得寒伧了。

麦克白　将军，我们今天晚上要举行一次隆重的宴会，请你千万出席。

班柯　谨遵陛下命令；我的忠诚永远接受陛下的使唤。

麦克白　今天下午你要骑马去吗？

班柯　是的，陛下。

麦克白　否则我很想请你参加我们今天的会议，贡献我们一些良好的意见，你的老谋胜算，我是一向佩服的；可是我们明天再谈吧。你要骑到很远的地方吗？

班柯　陛下，我想尽量把从现在起到晚餐时候为止这一段的时间在马上消磨过去；要是我的马不跑得快一些，也许要到天黑以后一两小时才能回来。

麦克白　不要误了我们的宴会。

班柯　陛下，我一定不失约。

麦克白　我听说我那两个凶恶的王侄已经分别到了英格兰和爱尔兰，他们不承认他们的残酷的弑父重罪，却到处向人传播离奇荒谬的谣言；可是我们明天再谈吧，有许多重要的国事要等候我们两人共同处理呢。请上马吧；等你晚上回来的时候再会。弗里恩斯也跟着你去吗？

班柯　是，陛下；时间已经不早，我们就要去了。

麦克白　愿你快马飞驰，一路平安。再见。（班柯下）大家请便，各人去干各人的事，到晚上七点钟再聚首吧。为要更能领略到嘉宾满堂的快乐起见，我在晚餐以前，预备一个人独自静息静息；愿上帝和你们同在！（除麦克白及侍从一人外均下）喂，问你一句话。那两个人是不是在外面等候着我的旨意？

侍从 是，陛下，他们就在宫门外面。

麦克白 带他们进来见我。（侍从下）单单做到了这一步还不算什么，总要把现状确定巩固起来才好。我对于班柯怀着深切的恐惧，他的高贵的天性中有一种使我生畏的东西；他是个敢作敢为的人，在他的无畏的精神上，又加上深沉的智虑，指导他的大勇在确有把握的时机行动。除了他以外，我什么人都不怕，只有他的存在却使我惴惴不安；我的星宿给他罩住了，就像凯撒罩住了安东尼的星宿。当那些女巫们最初称我为王的时候，他呵斥她们，叫她们对他说话；她们就像先知似的说他的子孙将相继为王，她们把一顶没有后嗣的王冠戴在我的头上，把一根没有人继承的御杖放在我的手里，然后再从我的手里夺去，我自己的子孙却得不到继承。要是果然是这样，那么我玷污了我的手，只是为了班柯后裔的好处；我为了他们暗杀了仁慈的邓肯；为了他们良心上负着重大的罪疚和不安；我把我的永生的灵魂送给了人类的公敌，只是为了使他们可以登上王座，使班柯的种子登上王座！不，我不能忍受这样的事，宁愿接受命运的挑战！是谁？

侍从率二刺客重上。

麦克白 你现在到门口去，等我叫你再进来。（侍从下）我们不是在昨天谈过话吗？

刺客甲 回陛下的话，正是。

麦克白 那么好，你们有没有考虑过我的话？你们知道从前都是

127

　　因为他的缘故，使你们屈身微贱，虽然你们却错怪到我的身上。在上一次我们谈话的中间，我已经把这一点向你们说明白了，我用确凿的证据，指出你们怎样被人操纵愚弄、怎样受人牵制压抑、人家对你们是用怎样的手段、这种手段的主动者是谁以及一切其他的种种，所有这些都可以使一个半痴的、疯癫的人恍然大悟地说，"这些都是班柯干的事。"

刺客甲　我们已经蒙陛下开示过了。

麦克白　是的，而且我还要更进一步，这就是我们今天第二次谈话的目的。你们难道有那样的好耐性，能够忍受这样的屈辱吗？他的铁手已经快要把你们压下坟墓里去，使你们的子孙永远做乞丐，难道你们就这样虔敬，还要叫你们替这个好人和他的子孙祈祷吗？

刺客甲　陛下，我们是人总有人气。

麦克白　嗯，按说，你们也算是人，正像家狗、野狗、猎狗、叭儿狗、狮子狗、杂种狗、癞皮狗，统称为狗一样；它们有的跑得快，有的跑得慢，有的狡猾，有的可以看门，有的可以打猎，各自按照造物赋与它们的本能而分别价值的高下，在笼统的总称底下得到特殊的名号；人类也是一样。要是你们在人类的行列之中，并不属于最卑劣的一级，那么说吧，我就可以把一件事情信托你们，你们照我的话干了以后，不但可以除去你们的仇人，而且还可以永远受我的眷宠；他一天活在世上，我的心病一天不能痊愈。

刺客乙　陛下，我久受世间无情的打击和虐待，为了向这世界发泄我的怨恨起见，我什么事都愿意干。

刺客甲　我也这样，一次次的灾祸逆运，使我厌倦于人世，我愿意拿我的生命去赌博，或者从此交上好运，或者了结我的一生。

麦克白　你们两人都知道班柯是你们的仇人。

刺客乙　是的，陛下。

麦克白　他也是我的仇人；而且他是我的肘腋之患，他的存在每一分钟都深深威胁着我生命的安全；虽然我可以老实不客气地运用我的权力，把他从我的眼前铲去，而且只要说一声"这是我的意旨"就可以交代过去。可是我却还不能就这么干，因为他有几个朋友同时也是我的朋友，我不能招致他们的反感，即使我亲手把他打倒，也必须假意为他的死亡悲泣；所以我只好借重你们两人的助力，为了许多重要的理由，把这件事情遮过一般人的眼睛。

刺客乙　陛下，我们一定照您的命令做去。

刺客甲　即使我们的生命——

麦克白　你们的勇气已经充分透露在你们的神情之间。最迟在这一小时之内，我就可以告诉你们在什么地方埋伏，等看准机会，再通知你们在什么时间动手；因为这件事情一定要在今晚干好，而且要离开王宫远一些，你们必须记住不能把我牵涉在内；同时为了免得留下枝节起见，你们还要把跟在他身边的他的儿子弗里恩斯也一起杀了，他们父子两人的死，对于我是同样重要的，必须让他们同时接受黑暗的命运。你们先下去决定一下；我就来看你们。

刺客乙　我们已经决定了，陛下。

麦克白　我立刻就会来看你们；你们进去等一会儿。（二刺客下）

麦
克
白

班柯，你的命运已经决定，你的灵魂要是找得到天堂的话，今天晚上你就该找到了。（下。）

第二场　同前。宫中另一室

　　　　　麦克白夫人及一仆人上。

麦克白夫人　班柯已经离开宫廷了吗？

仆人　是，娘娘，可是他今天晚上就要回来的。

麦克白夫人　你去对王上说，我要请他允许我跟他说几句话。

仆人　是，娘娘。（下。）

麦克白夫人　费尽了一切，结果还是一无所得，我们的目的虽然达到，却一点不感觉满足。要是用毁灭他人的手段，使自己置身在充满着疑虑的欢娱里，那么还不如那被我们所害的人，倒落得无忧无虑。

　　　　　麦克白上。

麦克白夫人　啊！我的主！您为什么一个人孤零零的，让最悲哀的幻想做您的伴侣，把您的思想念念不忘地集中在一个已死者的身上？无法挽回的事，只好听其自然；事情干了就算了。

麦克白　我们不过刺伤了蛇身，却没有把它杀死，它的伤口会慢慢平复过来，再用它的原来的毒牙向我们的暴行复仇。可是让一切秩序完全解体，让活人、死人都去受罪吧，为什么我们要在忧虑中进餐，在每夜使我们惊恐的恶梦的谑弄中睡眠呢？我们为了希求自身的平安，把别人送下坟墓里去享受永久的平安，可是我们的心灵却把我们磨折得没有一刻平静的安息，使我们觉得还是跟已死的人在一起，倒要幸福得多了。邓肯现在睡在他的坟墓里；经过了一场人生的热病，他现在睡得好好的，叛逆已经对他施过最狠毒的伤害，再没有刀剑、毒药、内乱、外患，可以加害于他了。

麦克白夫人　算了算了，我的好丈夫，把您的烦恼的面孔收起；今天晚上您必须和颜悦色地招待您的客人。

麦克白　正是，亲人；你也要这样。尤其请你对班柯曲意殷勤，用你的眼睛和舌头给他特殊的荣宠。我们的地位现在还没有巩固，我们虽在阿谀逢迎的人流中浸染周旋，却要保持我们的威严，用我们的外貌遮掩着我们的内心，不要给人家窥破。

麦克白夫人　您不要多想这些了。

麦克白　啊！我的头脑里充满着蝎子，亲爱的妻子；你知道班柯和他的弗里恩斯尚在人间。

麦克白夫人　可是他们并不是长生不死的。

麦克白　那还可以给我几分安慰，他们是可以伤害的；所以你快乐起来吧。在蝙蝠完成它黑暗中的飞翔以前，在振翅而飞的甲虫应答着赫卡忒的呼召，用嗡嗡的声音摇响催眠的晚钟以前，将要有一件可怕的事情干完。

麦克白夫人　是什么事情？

麦克白　你暂时不必知道，最亲爱的宝贝，等事成以后，你再鼓掌称快吧。来，使人盲目的黑夜，遮住可怜的白昼的温柔的眼睛，用你的无形的毒手，毁除那使我畏惧的重大的绊脚石吧！天色在朦胧起来，乌鸦都飞回到昏暗的林中；一天的好事开始沉沉睡去，黑夜的罪恶的使者却在准备攫捕他们的猎物。我的话使你惊奇；可是不要说话；以不义开始的事情，必须用罪恶使它巩固。跟我来。（同下。）

第三场　同前。苑囿，有一路通王宫

三刺客上。

刺客甲　可是谁叫你来帮我们的？

刺客丙　麦克白。

刺客乙　我们可以不必对他怀疑，他已经把我们的任务和怎样动手的方法都指示给我们了，跟我们得到的命令相符。

刺客甲　那么就跟我们站在一起吧。西方还闪耀着一线白昼的余辉；晚归的行客现在快马加鞭，要来找寻宿处了；我们守候的目标已经在那儿向我们走近。

刺客丙　听！我听见马蹄声。

班柯　（在内）喂，给我们一个火把！

刺客乙　一定是他；别的客人们都已经到了宫里了。

刺客甲　他的马在兜圈子。

刺客丙　差不多有一哩路；可是他正像许多人一样，常常把从这儿到宫门口的这一条路作为他们的走道。

刺客乙　火把，火把！

刺客丙　是他。

刺客甲　准备好。

> 班柯及弗里恩斯持火炬上。

班柯　今晚恐怕要下雨。

刺客甲　让它下吧。（刺客等向班柯攻击。）

班柯　啊，阴谋！快逃，好弗里恩斯，逃，逃，逃！你也许可以替我报仇。啊奴才！（死。弗里恩斯逃去。）

刺客丙　谁把火灭了？

刺客甲　不应该灭火吗？

刺客丙　只有一个人倒下；那儿子逃去了。

刺客乙　我们工作的重要一部分失败了。

刺客甲　好，我们回去报告我们工作的结果吧。（同下。）

第四场　同前。宫中大厅

> 厅中陈设筵席。麦克白、麦克白夫人、洛斯、列诺克斯、群臣及侍从等上。

麦克白　大家按着各人自己的品级坐下来；总而言之一句话，我竭诚欢迎你们。

群臣　谢谢陛下的恩典。

麦克白　我自己将要跟你们在一起，做一个谦恭的主人，我们的主妇现在还坐在她的宝座上，可是我就要请她对你们殷勤招待。

麦克白夫人　陛下，请您替我向我们所有的朋友们表示我的欢迎的诚意吧。

刺客甲上，至门口。

麦克白 瞧，他们用诚意的感谢答复你了；两方面已经各得其平。我将要在这儿中间坐下来。大家不要拘束，乐一个畅快；等会儿我们就要合席痛饮一巡。（至门口）你的脸上有血。

刺客甲 那么它是班柯的。

麦克白 我宁愿你站在门外，不愿他置身室内。你们已经把他结果了吗？

刺客甲 陛下，他的咽喉已经割破了；这是我干的事。

麦克白 你是一个最有本领的杀人犯；可是谁杀死了弗里恩斯，也一样值得夸奖；要是你也把他杀了，那你才是一个无比的好汉。

刺客甲 陛下，弗里恩斯逃走了。

麦克白 我的心病本来可以痊愈，现在它又要发作了；我本来可以像大理石一样完整，像岩石一样坚固，像空气一样广大自由，现在我却被恼人的疑惑和恐惧所包围拘束。可是班柯已经死了吗？

刺客甲 是，陛下；他安安稳稳地躺在一条泥沟里，他的头上刻着二十道伤痕，最轻的一道也可以致他死命。

麦克白 谢天谢地。大蛇躺在那里；那逃走了的小虫，将来会用它的毒液害人，可是现在它的牙齿还没有长成。走吧，明天再来听候我的旨意。（刺客甲下。）

麦克白夫人 陛下，您还没有劝过客；宴会上倘没有主人的殷勤招待，那就不是在请酒，而是在卖酒；这倒不如待在自己家里吃饭来得舒适呢。既然出来作客，在席面上最让人开胃的就是主人的礼节，缺少了它，那就会使合席失去了兴致的。

麦克白　亲爱的，不是你提起，我几乎忘了！来，请放量醉饱吧，愿各位胃纳健旺，身强力壮！

列诺克斯　陛下请安坐。

　　　　　　　班柯鬼魂上，坐在麦克白座上。

麦克白　要是班柯在座，那么全国的英俊，真可以说是荟集于一堂了；我宁愿因为他的疏怠而嗔怪他，不愿因为他遭到什么意外而为他惋惜。

洛斯　陛下，他今天失约不来，是他自己的过失。请陛下上坐，让我们叨陪末席。

麦克白　席上已经坐满了。

列诺克斯　陛下，这儿是给您留着的一个位置。

麦克白　什么地方？

列诺克斯　这儿，陛下。什么事情使陛下这样变色？

麦克白　你们哪一个人干了这件事？

群臣　什么事，陛下？

麦克白　你不能说这是我干的事；别这样对我摇着你的染着血的头发。

洛斯　各位大人，起来；陛下病了。

麦克白夫人　坐下，尊贵的朋友们，王上常常这样，他从小就有这种毛病。请各位安坐吧；他的癫狂不过是暂时的，一会儿就会好起来。要是你们太注意了他，他也许会动怒，发起狂来更加厉害；尽管自己吃喝，不要理他吧。你是一个男子吗？

麦克白　哦，我是一个堂堂男子，可以使魔鬼胆裂的东西，我也敢正眼瞧着它。

麦克白夫人　啊，这倒说得不错！这不过是你的恐惧所描绘出来的一幅图画；正像你所说的那柄引导你去行刺邓肯的空中的匕首一样。啊！要是在冬天的火炉旁，听一个妇女讲述她的老祖母告诉她的故事的时候，那么这种情绪的冲动、恐惧的伪装，倒是非常合适的。不害羞吗？你为什么扮这样的怪脸？说到底，你瞧着的不过是一张凳子罢了。

麦克白　你瞧那边！瞧！瞧！瞧！你怎么说？哼，我什么都不在乎。要是你会点头，你也应该会说话。要是殡舍和坟墓必须把我们埋葬了的人送回世上，那么鸢鸟的胃囊将要变成我们的坟墓了。（鬼魂隐去。）

麦克白夫人　什么！你发了疯，把你的男子气都失掉了吗？

麦克白　要是我现在站在这儿，那么刚才我明明瞧见他。

麦克白夫人　啐！不害羞吗？

麦克白　在人类不曾制定法律保障公众福利以前的古代，杀人流血是不足为奇的事；即使在有了法律以后，惨不忍闻的谋杀事件，也随时发生。从前的时候，一刀下去，当场毙命，事情就这样完结了；可是现在他们却会从坟墓中起来，他们的头上戴着二十件谋杀的重罪，把我们推下座位。这种事情是比这样一件谋杀案更奇怪的。

麦克白夫人　陛下，您的尊贵的朋友们都因为您不去陪他们而十分扫兴哩。

麦克白　我忘了。不要对我惊诧，我的最尊贵的朋友们；我有一种怪病，认识我的人都知道那是不足为奇的。来，让我们用这一杯酒表示我们的同心永好，祝各位健康！你们干了这一杯，我就坐下。给我拿些酒来，倒得满满的。我为今天在座众人的快乐，还要为我们亲爱的缺席的朋友班柯尽此一杯；要是他也在这儿就好了！来，为大家、为他，请干杯，请各位为大家的健康干一杯。

群臣 敢不从命。

班柯鬼魂重上。

麦克白 去！离开我的眼前！让土地把你藏匿了！你的骨髓已经枯竭，你的血液已经凝冷；你那向人瞪着的眼睛也已经失去了光彩。

麦克白夫人 各位大人，这不过是他的旧病复发，没有什么别的缘故；害各位扫兴，真是抱歉得很。

麦克白 别人敢做的事，我都敢；无论你用什么形状出现，像粗暴的俄罗斯大熊也好，像披甲的犀牛、舞爪的猛虎也好，只要不是你现在的样子，我的坚定的神经决不会起半分战栗；或者你现在死而复活，用你的剑向我挑战，要是我会惊惶胆怯，那么你就可以宣称我是一个少女怀抱中的婴孩。去，可怕的影子！虚妄的揶揄，去！（鬼魂隐去）嘿，他一去，我的勇气又恢复了。请你们安坐吧。

麦克白夫人 你这样疯疯癫癫的，已经打断了众人的兴致，扰乱了今天的良会。

麦克白 难道碰到这样的事，能像飘过夏天的一朵浮云那样不叫人吃惊吗？我吓得面无人色，你们眼看着这样的怪象，你们的脸上却仍然保持着天然的红润，这才怪哩。

洛斯 什么怪象，陛下？

麦克白夫人 请您不要对他说话；他越来越疯了；你们多问了他，

他会动怒的。对不起，请各位还是散席了吧；大家不必推先让后，请立刻就去，晚安！

列诺克斯　晚安；愿陛下早复健康！

麦克白夫人　各位晚安！（群臣及侍从等下。）

麦克白　流血是免不了的；他们说，流血必须引起流血。据说石块曾经自己转动，树木曾经开口说话；鸦鹊的鸣声里曾经泄露过阴谋作乱的人。夜过去了多少了？

麦克白夫人　差不多到了黑夜和白昼的交界，分别不出是昼是夜来。

麦克白　麦克德夫藐视王命，拒不奉召，你看怎么样？

麦克白夫人　你有没有差人去叫过他？

麦克白　我偶然听人这么说；可是我要差人去唤他。他们这一批人家里谁都有一个被我买通的仆人，替我窥探他们的动静。我明天要趁早去访那三个女巫，听她们还有什么话说；因为我现在非得从最妖邪的恶魔口中知道我的最悲惨的命运不可。为了我自己的好处，只好把一切置之不顾。我已经两足深陷于血泊之中，要是不再涉血前进，那么回头的路也是同样使人厌倦的。我想起了一些非常的计谋，必须不等斟酌就迅速实行。

麦克白夫人　一切有生之伦，都少不了睡眠的调剂，可是你还没有好好睡过。

麦克白　来，我们睡去。我的疑鬼疑神、出乖露丑，都是因为未经磨炼、心怀恐惧的缘故；我们干这事太缺少经验了。（同下。）

第五场 荒原

雷鸣。三女巫上，与赫卡忒相遇。

女巫甲　嗳哟，赫卡忒！您在发怒哩。

赫卡忒　我不应该发怒吗，你们这些放肆大胆的丑婆子？你们怎么敢用哑谜和有关生死的秘密和麦克白打交道；我是你们魔法的总管，一切的灾祸都由我主持支配，你们却不通知我一声，让我也来显一显我们的神通？而且你们所干的事，都只是为了一个刚愎自用、残忍狂暴的人；他像所有的世人一样，只知道自己的利益，一点不是对你们存着什么好意。可是现在你们必须补赎你们的过失；快去，天明的时候，在阿契隆①的地坑附近会我，他将要到那边来探询他的命运；把你们的符咒、魔蛊和一切应用的东西预备齐整，不得有误。我现在乘风而去，今晚我要用整夜的工夫，布置出一场悲惨的结果；在正午以前，必须完成大事。月亮角上挂着一颗湿淋淋的露珠，我要在它没有堕地以前把它摄取，用魔术提炼以后，就可以凭着它呼灵唤鬼，让种种虚妄的幻影迷乱他的本性；他将要藐视命运，唾斥死生，超越一切的情理，排弃一切的疑虑，执着他的不可能的希望；你们都知道自信是人类最大的仇敌。（内歌声，"来吧，来吧……"）听！他们在叫我啦；我的小精灵们，瞧，他们坐在云雾之中，在等着我呢。（下。）

女巫甲　来，我们赶快；她就要回来的。（同下。）

---

①阿契隆（Acheron），本为希腊神话中的一条冥河，这里借指地狱。

第六场　福累斯。宫中一室

列诺克斯及另一贵族上。

列诺克斯　我以前的那些话只是叫你听了觉得对劲，那些话是还可以进一步解释的；我只觉得事情有些古怪。仁厚的邓肯被麦克白所哀悼；邓肯是已经死去的了。勇敢的班柯不该在深夜走路，您也许可以说——要是您愿意这么说的话，他是被弗里恩斯杀死的，因为弗里恩斯已经逃匿无踪；人总不应该在夜深的时候走路。哪一个人不以为马尔康和道纳本杀死他们仁慈的父亲，是一件多么惊人的巨变？万恶的行为！麦克白为了这件事多么痛心；他不是乘着一时的忠愤，把那两个酗酒贪睡的溺职卫士杀了吗？那件事干得不是很忠勇的吗？嗯，而且也干得很聪明；因为要是人家听见他们抵赖他们的罪状，谁都会怒从心起的。所以我说，他把一切事情处理得很好；我想要是邓肯的两个儿子也给他拘留起来——上天保佑他们不会落在他的手里——他们就会知道向自己的父亲行弑，必须受到怎样的报应；弗里恩斯也是一样。可是这些话别提啦，我听说麦克德夫因为出言不逊，又不出席那暴君的宴会，已经受到贬辱。您能够告诉我他现在在什么地方吗？

贵族　被这暴君篡逐出亡的邓肯世子现在寄身在英格兰宫廷之中，谦恭的爱德华对他非常优待，一点不因为他处境颠危而减削了敬礼。麦克德夫也到那里去了，他的目的是要请求贤明的英王协力激励诺森伯兰和好战的西华德，使他们出兵相援，凭着上帝的意旨帮助我们恢复已失的自由，使

我们仍旧能够享受食桌上的盛馔和酣畅的睡眠，不再畏惧
宴会中有沾血的刀剑，让我们能够一方面输诚效忠，一方
面安受爵赏而心无疑虑；这一切都是我们现在所渴望而求
之不得的。这一个消息已经使我们的王上大为震怒，他正
在那儿准备作战了。

列诺克斯　他有没有差人到麦克德夫那儿去？

贵族　他已经差人去过了；得到的回答是很干脆的一句："老兄，
我不去。"那个恼怒的使者转身就走，嘴里好像叽咕着说，
"你给我这样的答复，看着吧，你一定会自食其果。"

列诺克斯　那很可以叫他留心留心远避当前的祸害。但愿什么神
圣的天使飞到英格兰的宫廷里，预先替他把信息传到那
儿；让上天的祝福迅速回到我们这一个在毒手压制下备受
苦难的国家！

贵族　我愿意为他祈祷。（同下。）

第四幕

第一场　山洞。中置沸釜

雷鸣。三女巫上。

女巫甲　斑猫已经叫过三声。

女巫乙　刺猬已经啼了四次。

女巫丙　怪鸟在鸣啸：时候到了，时候到了。

女巫甲　绕釜环行火融融，

　　　　毒肝腐脏置其中。

　　　　蛤蟆蛰眠寒石底，

　　　　三十一日夜相继；

　　　　汗出淋漓化毒浆，

　　　　投之鼎釜沸为汤。

众巫　（合）不惮辛劳不惮烦，

釜中沸沫已成澜。

女巫乙　沼地蟒蛇取其肉，

削以为片煮至熟；

蝾螈之目青蛙趾，

蝙蝠之毛犬之齿，

蝮舌如叉蚯蚓刺，

蜥蜴之足枭之翅，

炼为毒蛊鬼神惊，

扰乱人世无安宁。

众巫　（合）不惮辛劳不惮烦，

釜中沸沫已成澜。

女巫丙　豺狼之牙巨龙鳞，

千年巫尸貌狰狞；

海底抉出鲨鱼胃，

夜掘毒芹根块块；

杀犹太人摘其肝，

剖山羊胆汁潺潺；

雾黑云深月蚀时，

潜携斤斧劈杉枝；

娼妇弃儿死道间，

断指持来血尚殷；

土耳其鼻鞑靼唇，

烈火糜之煎作羹；

猛虎肝肠和鼎内，

炼就妖丹成一味。

麦克白

众巫 （合）不惮辛劳不惮烦，

釜中沸沫已成澜。

女巫乙 炭火将残蛊将成，

猩猩滴血蛊方凝。

赫卡忒上。

赫卡忒 善哉尔曹功不浅，

颁赏酬劳利泽遍。

于今绕釜且歌吟，

大小妖精成环形，

摄人魂魄荡人心。（音乐，众巫唱幽灵之歌。）

女巫乙 拇指怦怦动，

必有恶人来；

既来皆不拒，

洞门敲自开。

麦克白上。

麦克白 啊，你们这些神秘的幽冥的夜游的妖婆子！你们在干什么？

众巫 （合）一件没有名义的行动。

麦克白 凭着你们的法术，我吩咐你们回答我，不管你们的秘法是从哪里得来的。即使你们放出狂风，让它们向教堂猛击；即使汹涌的波涛会把航海的船只颠覆吞噬；即使谷物的叶片会倒折在田亩上，树木会连根拔起；即使城堡会向它们的守卫者的头上倒下；即使宫殿和金字塔都会倾圮；即使大自然所孕育的一切灵奇完全归于毁灭，连"毁灭"都感到手软了，我也要你们回答我的问题。

女巫甲　说。

女巫乙　你问吧。

女巫丙　我们可以回答你。

女巫甲　你愿意从我们嘴里听到答复呢，还是愿意让我们的主人们回答你？

麦克白　叫他们出来；让我见见他们。

女巫甲　母猪九子食其豚，

　　　　　血浇火上焰生腥；

　　　　　杀人恶犯上刑场，

　　　　　汗脂投火发凶光。

众巫　（合）鬼王鬼卒火中来，

　　　　　现形作法莫惊猜。

　　　　　　　雷鸣。第一幽灵出现，为一戴盔之头。

麦克白　告诉我，你这不知名的力量——

女巫甲　他知道你的心事；听他说，你不用开口。

第一幽灵　麦克白！麦克白！麦克白！留心麦克德夫；留心费辅爵士。放我回去。够了。（隐入地下。）

麦克白　不管你是什么精灵，我感谢你的忠言警告；你已经一语道破了我的忧虑。可是再告诉我一句话——

女巫甲　他是不受命令的。这儿又来了一个，比第一个法力更大。

　　　　　　　雷鸣。第二幽灵出现，为一流血之小儿。

第二幽灵　麦克白！麦克白！麦克白！——

麦克白　我要是有三只耳朵，我的三只耳朵都会听着你。

第二幽灵　你要残忍、勇敢、坚决；你可以把人类的力量付之一笑，因为没有一个妇人所生下的人可以伤害麦克白。（隐

麦克白

145

入地下。）

麦克白　那么尽管活下去吧，麦克德夫；我何必惧怕你呢？可是我要使确定的事实加倍确定，从命运手里接受切实的保证。我还是要你死，让我可以斥胆怯的恐惧为虚妄，在雷电怒作的夜里也能安心睡觉。

　　　　　　雷鸣。第三幽灵出现，为一戴王冠之小儿，手持树枝。

麦克白　这升起来的是什么，他的模样像是一个王子，他的幼稚的头上还戴着统治的荣冠？

众巫　静听，不要对它说话。

第三幽灵　你要像狮子一样骄傲而无畏，不要关心人家的怨怒，也不要担忧有谁在算计你。麦克白永远不会被人打败，除非有一天勃南的树林会冲着他向邓西嫩高山移动。（隐入地下。）

麦克白　那是决不会有的事；谁能够命令树木，叫它从泥土之中拔起它的深根来呢？幸运的预兆！好！勃南的树林不会移动，叛徒的举事也不会成功，我们巍巍高位的麦克白将要尽其天年，在他寿数告终的时候奄然物化。可是我的心还在跳动着想要知道一件事情；告诉我，要是你们的法术能够解释我的疑惑，班柯的后裔会不会在这一个国土上称王？

众巫　不要追问下去了。

麦克白　我一定要知道究竟；要是你们不告诉我，愿永久的咒诅降在你们身上！告诉我。为什么那口釜沉了下去？这是什么声音？（高音笛声。）

女巫甲　出来！

女巫乙 出来！

女巫丙 出来！

众巫 （合）一见惊心，魂魄无主；

如影而来，如影而去。

作国王装束者八人次第上；最后一人持镜；班柯鬼魂
随其后。

麦克白 你太像班柯的鬼魂了；下去！你的王冠刺痛了我的眼珠。
怎么，又是一个戴着王冠的，你的头发也跟第一个一样。
第三个又跟第二个一样。该死的鬼婆子！你们为什么让我
看见这些人？第四个！跳出来吧，我的眼睛！什么！这一
连串戴着王冠的，要到世界末日才会完结吗？又是一个？
第七个！我不想再看了。可是第八个又出现了，他拿着一
面镜子，我可以从镜子里面看见许许多多戴王冠的人；有
几个还拿着两个金球，三根御杖。可怕的景象！啊，现在
我知道这不是虚妄的幻象，因为血污的班柯在向我微笑，
用手指点着他们，表示他们就是他的子孙。（众幻影消灭）
什么！真是这样吗？

女巫甲 嗯，这一切都是真的；可是麦克白为什么这样呆若木
鸡？来，姊妹们，让我们鼓舞鼓舞他的精神，用最好的歌
舞替他消愁解闷。我先用魔法使空中奏起乐来，你们就挽
成一个圈子团团跳舞，让这位伟大的君王知道，我们并没
有怠慢他。（音乐。众女巫跳舞，舞毕与赫卡忒俱隐去。）

麦克白 她们在哪儿？去了？愿这不祥的时辰在日历上永远被人
咒诅！外面有人吗？进来！

列诺克斯上。

麦
克
白

列诺克斯　陛下有什么命令？

麦克白　你看见那三个女巫吗？

列诺克斯　没有，陛下。

麦克白　她们没有打你身边过去吗？

列诺克斯　确实没有，陛下。

麦克白　愿她们所驾乘的空气都化为毒雾，愿一切相信她们言语的人都永堕沉沦！我方才听见奔马的声音，是谁经过这地方？

列诺克斯　启禀陛下，刚才有两三个使者来过，向您报告麦克德夫已经逃奔英格兰去了。

麦克白　逃奔英格兰去了！

列诺克斯　是，陛下。

麦克白　时间，你早就料到我的狠毒的行为，竟抢先了一着；要追赶上那飞速的恶念，就得马上见诸行动；从这一刻起，我心里一想到什么，便要立刻把它实行，没有迟疑的余地；我现在就要用行动表示我的意志——想到便下手。我要去突袭麦克德夫的城堡；把费辅攫取下来；把他的妻子儿女和一切跟他有血缘之亲的不幸的人们一齐杀死。我不能像一个傻瓜似的只会空口说大话；我必须趁着我这一个目的还没有冷淡下来以前把这件事干好。可是我不想再看见什么幻象了！那几个使者呢？来，带我去见见他们。
（同下。）

第二场　费辅。麦克德夫城堡

麦克德夫夫人、麦克德夫子及洛斯上。

麦克德夫夫人　他干了什么事，要逃亡国外？

洛斯　您必须安心忍耐，夫人。

麦克德夫夫人　他可没有一点忍耐；他的逃亡全然是发疯。我们的行为本来是光明坦白的，可是我们的疑虑却使我们成为叛徒。

洛斯　您还不知道他的逃亡究竟是明智的行为还是无谓的疑虑。

麦克德夫夫人　明智的行为！他自己高飞远走，把他的妻子儿女、他的宅第尊位，一齐丢弃不顾，这算是明智的行为吗？他不爱我们；他没有天性之情；鸟类中最微小的鹪鹩也会奋不顾身，和鸱鸮争斗，保护它巢中的众雏。他心里只有恐惧没有爱；也没有一点智慧，因为他的逃亡是完全不合情理的。

洛斯　好嫂子，请您抑制一下自己；讲到尊夫的为人，那么他是高尚明理而有识见的，他知道应该怎样见机行事。我不敢多说什么；现在这种时世太冷酷无情了，我们自己还不知道，就已经蒙上了叛徒的恶名；一方面恐惧流言，一方面却不知道为何而恐惧，就像在一个风波险恶的海上漂浮，全没有一定的方向。现在我必须向您告辞；不久我会再到这儿来。最恶劣的事态总有一天告一段落，或者逐渐恢复原状。我的可爱的侄儿，祝福你！

麦克德夫夫人　他虽然有父亲，却和没有父亲一样。

麦克白

洛斯 我要是再逗留下去，才真是不懂事的傻子，既会叫人家笑话我不像个男子汉，还要连累您心里难过；我现在立刻告辞了。（下。）

麦克德夫夫人 小子，你爸爸死了；你现在怎么办？你预备怎样过活？

麦克德夫子 像鸟儿一样过活，妈妈。

麦克德夫夫人 什么！吃些小虫儿、飞虫儿吗？

麦克德夫子 我的意思是说，我得到些什么就吃些什么，正像鸟儿一样。

麦克德夫夫人 可怜的鸟儿！你从来不怕有人张起网儿、布下陷阱，捉了你去哩。

麦克德夫子 我为什么要怕这些，妈妈？他们是不会算计可怜的小鸟的。我的爸爸并没有死，虽然您说他死了。

麦克德夫夫人 不，他真的死了。你没了父亲怎么好呢？

麦克德夫子 您没了丈夫怎么好呢？

麦克德夫夫人 嘿，我可以到随便哪个市场上去买二十个丈夫回来。

麦克德夫子 那么您买了他们回来，还是要卖出去的。

麦克德夫夫人 这刁钻的小油嘴；可也亏你想得出来。

麦克德夫子 我的爸爸是个反贼吗，妈妈？

麦克德夫夫人 嗯，他是个反贼。

麦克德夫子 怎么叫做反贼？

麦克德夫夫人 反贼就是起假誓扯谎的人。

麦克德夫子 凡是反贼都是起假誓扯谎的吗？

麦克德夫夫人 起假誓扯谎的人都是反贼，都应该绞死。

麦克德夫子　起假誓扯谎的都应该绞死吗？

麦克德夫夫人　都应该绞死。

麦克德夫子　谁去绞死他们呢？

麦克德夫夫人　那些正人君子。

麦克德夫子　那么那些起假誓扯谎的都是些傻瓜，他们有这许多人，为什么不联合起来打倒那些正人君子，把他们绞死了呢？

麦克德夫夫人　嗳哟，上帝保佑你，可怜的猴子！可是你没了父亲怎么好呢？

麦克德夫子　要是他真的死了，您会为他哀哭的；要是您不哭，那是一个好兆，我就可以有一个新的爸爸了。

麦克德夫夫人　这小油嘴真会胡说！

　　　　　　一使者上。

使者　祝福您，好夫人！您不认识我是什么人，可是我久闻夫人的令名，所以特地前来，报告您一个消息。我怕夫人目下有极大的危险，要是您愿意接受一个微贱之人的忠告，那么还是离开此地，赶快带着您的孩子们避一避的好。我这样惊吓着您，已经是够残忍的了；要是有人再要加害于您，那真是太没有人道了，可是这没人道的事儿快要落到您头上了。上天保佑您！我不敢多耽搁时间。（下。）

麦克德夫夫人　叫我逃到哪儿去呢？我没有做过害人的事。可是我记起来了，我是在这个世上，这世上做了恶事才会被人恭维赞美，做了好事反会被人当作危险的傻瓜；那么，唉！我为什么还要用这种婆子气的话替自己辩护，说是我没有做过害人的事呢？

刺客等上。

麦克德夫夫人 这些是什么人？

众刺客 你的丈夫呢？

麦克德夫夫人 我希望他是在光天化日之下你们这些鬼东西不敢露脸的地方。

刺客 他是个反贼。

麦克德夫子 你胡说，你这蓬头的恶人！

刺客 什么！你这叛徒的孽种！（刺麦克德夫子。）

麦克德夫子 他杀死我了，妈妈；您快逃吧！（死。麦克德夫夫人呼"杀了人啦！"下，众刺客追下。）

第三场　英格兰。王宫前

马尔康及麦克德夫上。

马尔康 让我们找一处没有人踪的树荫，在那里把我们胸中的悲哀痛痛快快地哭个干净吧。

麦克德夫 我们还是紧握着利剑，像好汉子似的卫护我们被蹂躏的祖国吧。每一个新的黎明都听得见新孀的寡妇在哭泣，新失父母的孤儿在号啕，新的悲哀上冲霄汉，发出凄厉的回声，就像哀悼苏格兰的命运，替她奏唱挽歌一样。

马尔康 我相信的事就叫我痛哭，我知道的事就叫我相信；我只要有机会效忠祖国，也愿意尽我的力量。您说的话也许是事实。一提起这个暴君的名字，就使我们切齿腐舌。可是他曾经有过正直的名声；您对他也有很好的交情；他也还没有加害于您。我虽然年轻识浅，可是您也许可以利用我向他邀功求赏，把一头柔弱无罪的羔羊向一个愤怒的天神献祭，不失为一件聪明的事。

麦克德夫　我不是一个奸诈小人。

马尔康　麦克白却是的。在尊严的王命之下，忠实仁善的人也许不得不背着天良行事。可是我必须请您原谅；您的忠诚的人格决不会因为我用小人之心去测度它而发生变化；最光明的天使也许会堕落，可是天使总是光明的；虽然小人全都貌似忠良，可是忠良的一定仍然不失他的本色。

麦克德夫　我已经失去我的希望。

马尔康　也许正是这一点刚才引起了我的怀疑。您为什么不告而别，丢下您的妻子儿女，您那些宝贵的骨肉、爱情的坚强的联系，让她们担惊受险呢？请您不要把我的多心引为耻辱，为了我自己的安全，我不能不这样顾虑。不管我心里怎样想，也许您真是一个忠义的汉子。

麦克德夫　流血吧，流血吧，可怜的国家！不可一世的暴君，奠下你的安若泰山的基业吧，因为正义的力量不敢向你诛讨！戴着你那不义的王冠吧，这是你的已经确定的名分；再会，殿下；即使把这暴君掌握下的全部土地一起给我，再加上富庶的东方，我也不愿做一个像你所猜疑我那样的奸人。

马尔康　不要生气；我说这样的话，并不是完全为了不放心您。我想我们的国家呻吟在虐政之下，流泪、流血，每天都有一道新的伤痕加在旧日的疮痍之上；我也想到一定有许多人愿意为了我的权利奋臂而起，就在友好的英格兰这里，也已经有数千义士愿意给我助力；可是虽然这样说，要是我有一天能够把暴君的头颅放在足下践踏，或者把它悬挂在我的剑上，我的可怜的祖国却要在一个新的暴君的统治之下，滋生更多的罪恶，忍受更大的苦痛，造成更分歧的局面。

麦克德夫　这新的暴君是谁？

马尔康　我的意思就是说我自己；我知道在我的天性之中，深植着各种的罪恶，要是有一天暴露出来，黑暗的麦克白在相形之下，将会变成白雪一样纯洁；我们的可怜的国家看见了我的无限的暴虐，将会把他当作一头羔羊。

麦克德夫　踏遍地狱也找不出一个比麦克白更万恶不赦的魔鬼。

马尔康　我承认他嗜杀、骄奢、贪婪、虚伪、欺诈、狂暴、凶恶，一切可以指名的罪恶他都有；可是我的淫佚是没有止境的：你们的妻子、女儿、妇人、处女，都不能填满我的欲壑；我的猖狂的欲念会冲决一切节制和约束；与其让这样一个人做国王，还是让麦克白统治的好。

麦克德夫　从人的生理来说，无限制的纵欲是一种"虐政"，它曾经推翻了无数君主，使他们不能长久坐在王位上。可是您还不必担心，谁也不能禁止您满足您的分内的欲望；您可以一方面尽情欢乐，一方面在外表上装出庄重的神气，世人的耳目是很容易遮掩过去的。我们国内尽多自愿献身的女子，无论您怎样贪欢好色，也应付不了这许多求荣献媚的娇娥。

马尔康　除了这一种弱点以外，在我的邪僻的心中还有一种不顾廉耻的贪婪，要是我做了国王，我一定要诛锄贵族，侵夺他们的土地；不是向这个人索取珠宝，就是向那个人索取房屋；我所有的越多，我的贪心越不知道餍足，我一定会为了图谋财富的缘故，向善良忠贞的人无端寻衅，把他们陷于死地。

麦克德夫 这一种贪婪比起少年的情欲来，它的根是更深而更有毒的，我们曾经有许多过去的国王死在它的剑下。可是您不用担心，苏格兰有足够您享用的财富，它都是属于您的；只要有其他的美德，这些缺点都不算什么。

马尔康 可是我一点没有君主之德，什么公平、正直、节俭、镇定、慷慨、坚毅、仁慈、谦恭、诚敬、宽容、勇敢、刚强，我全没有；各种罪恶却应有尽有，在各方面表现出来。嘿，要是我掌握了大权，我一定要把和谐的甘乳倾入地狱，扰乱世界的和平，破坏地上的统一。

麦克德夫 啊，苏格兰，苏格兰！

马尔康 你说这样一个人是不是适宜于统治？我正是像我所说那样的人。

麦克德夫 适宜于统治！不，这样的人是不该让他留在人世的。啊，多难的国家，一个篡位的暴君握着染血的御杖高踞在王座上，你的最合法的嗣君又亲口吐露了他是这样一个可咒诅的人，辱没了他的高贵的血统，那么你几时才能重见天日呢？你的父王是一个最圣明的君主；生养你的母后每天都想到人生难免的死亡，她朝夕都在屈膝跪求上天的垂怜。再会！你自己供认的这些罪恶，已经把我从苏格兰放逐。啊，我的胸膛，你的希望永远在这儿埋葬了！

马尔康 麦克德夫，只有一颗正直的心，才会有这种勃发的忠义

麦克白

155

之情，它已经把黑暗的疑虑从我的灵魂上一扫而空，使我充分信任你的真诚。魔鬼般的麦克白曾经派了许多说客来，想要把我诱进他的罗网，所以我不得不着意提防；可是上帝鉴临在你我二人的中间！从现在起，我委身听从你的指导，并且撤回我刚才对我自己所讲的坏话，我所加在我自己身上的一切污点，都是我的天性中所没有的。我还没有近过女色，从来没有背过誓，即使是我自己的东西，我也没有贪得的欲念；我从不曾失信于人，我不愿把魔鬼出卖给他的同伴，我珍爱忠诚不亚于生命；刚才我对自己的诽谤，是我第一次的说谎。那真诚的我，是准备随时接受你和我的不幸的祖国的命令的。在你还没有到这儿来以前，年老的西华德已经带领了一万个战士，装备齐全，向苏格兰出发了。现在我们就可以把我们的力量合并在一起；我们堂堂正正的义师，一定可以得胜。您为什么不说话？

麦克德夫　好消息和恶消息同时传进了我的耳朵里，使我的喜怒都失去了自主。

　　　　　　一医生上。

马尔康　好，等会儿再说。请问一声，王上出来了吗？

医生　出来了，殿下；有一大群不幸的人们在等候他医治，他们的疾病使最高明的医生束手无策，可是上天给他这样神奇的力量，只要他的手一触，他们就立刻痊愈了。

马尔康　谢谢您的见告，大夫。（医生下。）

麦克德夫　他说的是什么疾病？

马尔康　他们都把它叫做瘰疬；自从我来到英国以后，我常常看见这位善良的国王显示他的奇妙无比的本领。除了他自己以外，谁也不知道他是怎样祈求着上天；可是害着怪病的人，浑身肿烂，惨不忍睹，一切外科手术无法医治的，他只要嘴里念着祈祷，用一枚金章亲手挂在他们的颈上，他们便会霍然痊愈；据说他这种治病的天能，是世世相传永袭罔替的。除了这种特殊的本领以外，他还是一个天生的预言者，福祥环拱着他的王座，表示他具有各种美德。

麦克德夫 瞧，谁来啦？

马尔康 是我们国里的人；可是我还认不出他是谁。

　　　　　　洛斯上。

麦克德夫 我的贤弟，欢迎。

马尔康 我现在认识他了。好上帝，赶快除去使我们成为陌路之人的那一层隔膜吧！

洛斯 阿门，殿下。

麦克德夫 苏格兰还是原来那样子吗？

洛斯 唉！可怜的祖国！它简直不敢认识它自己。它不能再称为我们的母亲，只是我们的坟墓；在那边，除了浑浑噩噩、一无所知的人以外，谁的脸上也不曾有过一丝笑容；叹息、呻吟、震撼天空的呼号，都是日常听惯的声音，不能再引起人们的注意；剧烈的悲哀变成一般的风气；葬钟敲响的时候，谁也不再关心它是为谁而鸣；善良人的生命往往在他们帽上的花朵还没有枯萎以前就化为朝露。

麦克德夫 啊！太巧妙、也是太真实的描写！

马尔康 最近有什么令人痛心的事情？

洛斯 一小时以前的变故，在叙述者的嘴里就已经变成陈迹了；每一分钟都产生新的祸难。

麦
克
白

麦克德夫　我的妻子安好吗？

洛斯　呃，她很安好。

麦克德夫　我的孩子们呢？

洛斯　也很安好。

麦克德夫　那暴君还没有毁坏他们的平静吗？

洛斯　没有；当我离开他们的时候，他们是很平安的。

麦克德夫　不要吝惜你的言语；究竟怎样？

洛斯　当我带着沉重的消息、预备到这儿来传报的时候，一路上
听见谣传，说是许多有名望的人都已经起义；这种谣言照
我想起来是很可靠的，因为我亲眼看见那暴君的军队在出
动。现在是应该出动全力挽救祖国沦夷的时候了；你们要
是在苏格兰出现，可以使男人们个个变成兵士，使女人们
愿意从她们的困苦之下争取解放而作战。

马尔康　我们正要回去，让这消息作为他们的安慰吧。友好的英
格兰已经借给我们西华德将军和一万兵士，所有基督教的
国家里找不出一个比他更老练、更优秀的军人。

洛斯　我希望我也有同样好的消息给你们！可是我所要说的话，
是应该把它在荒野里呼喊，不让它钻进人们耳中的。

麦克德夫　它是关于哪方面的？是和大众有关的呢，还是一两个
人单独的不幸？

洛斯　天良未泯的人，对于这件事谁都要觉得像自己身受一样伤
心，虽然你是最感到切身之痛的一个。

麦克德夫　倘然那是与我有关的事，那么不要瞒过我；快让我知
道了吧。

洛斯　但愿你的耳朵不要从此永远憎恨我的舌头，因为它将要让

你听见你有生以来所听到的最惨痛的声音。

麦克德夫　哼，我猜到了。

洛斯　你的城堡受到袭击；你的妻子和儿女都惨死在野蛮的刀剑之下；要是我把他们的死状告诉你，那会使你痛不欲生，在他们已经成为被杀害了的驯鹿似的尸体上，再加上了你的。

马尔康　慈悲的上天！什么，朋友！不要把你的帽子拉下来遮住你的额角；用言语把你的悲伤倾泄出来吧；无言的哀痛是会向那不堪重压的心低声耳语，叫它裂成片片的。

麦克德夫　我的孩子也都死了吗？

洛斯　妻子、孩子、仆人，凡是被他们找得到的，杀得一个不存。

麦克德夫　我却不得不离开那里！我的妻子也被杀了吗？

洛斯　我已经说过了。

马尔康　请宽心吧；让我们用壮烈的复仇做药饵，治疗这一段惨酷的悲痛。

麦克德夫　他自己没有儿女。我的可爱的宝贝们都死了吗？你说他们一个也不存吗？啊，地狱里的恶鸟！一个也不存？什么！我的可爱的鸡雏们和他们的母亲一起葬送在毒手之下了吗？

马尔康　拿出男子汉的气概来。

麦克德夫　我要拿出男子汉的气概来；可是我不能抹杀我的人类的感情。我怎么能够把我所最珍爱的人置之度外，不去想念他们呢？难道上天看见这一幕惨剧而不对他们抱同情吗？罪恶深重的麦克德夫！他们都是为了你而死于非命的。我真该死，他们没有一点罪过，只是因为我自己不好，无情的屠戮才会降临到他们的身上。愿上天给他们安息！

马尔康　把这一桩仇恨作为磨快你的剑锋的砺石；让哀痛变成愤怒；不要让你的心麻木下去，激起它的怒火来吧。

麦克德夫　啊！我可以一方面让我的眼睛里流着妇人之泪，一方面让我的舌头发出大言壮语。可是，仁慈的上天，求你撤除一切中途的障碍，让我跟这苏格兰的恶魔正面相对，使我的剑能够刺到他的身上；要是我放他逃走了，那么上天饶恕他吧！

马尔康　这几句话说得很像个汉子。来，我们见国王去；我们的军队已经调齐，一切齐备，只待整装出发。麦克白气数将绝，天诛将至；黑夜无论怎样悠长，白昼总会到来的。（同下。）

第五幕

第一场　邓西嫩。城堡中一室

医生及一侍女上。

医生　我已经陪着你看守了两夜，可是一点不能证实你的报告。她最后一次晚上起来行动是在什么时候？

侍女　自从王上出征以后，我曾经看见她从床上起来，披上睡衣，开了橱门上的锁，拿出信纸，把它折起来，在上面写了字，读了一遍，然后把信封好，再回到床上去；可是在这一段时间里，她始终睡得很熟。

医生　这是心理上的一种重大的纷乱，一方面入于睡眠的状态，一方面还能像醒着一般做事。在这种睡眠不安的情形之下，除了走路和其他动作以外，你有没有听见她说过什么话？

侍女　大夫，那我可不能把她的话照样告诉您。

麦克白

医生　你不妨对我说，而且应该对我说。

侍女　我不能对您说，也不能对任何人说，因为没有一个见证可以证实我的话。

麦克白夫人持烛上。

侍女　您瞧！她来啦。这正是她往常的样子；凭着我的生命起誓，她现在睡得很熟。留心看着她；站近一些。

医生　她怎么会有那支蜡烛？

侍女　那就是放在她的床边的；她的寝室里通宵点着灯火，这是她的命令。

医生　你瞧，她的眼睛睁着呢。

侍女　嗯，可是她的视觉却关闭着。

医生　她现在在干什么？瞧，她在擦着手。

侍女　这是她的一个惯常的动作，好像在洗手似的。我曾经看见她这样擦了足有一刻钟的时间。

麦克白夫人　可是这儿还有一点血迹。

医生　听！她说话了。我要把她的话记下来，免得忘记。

麦克白夫人　去，该死的血迹！去吧！一点、两点，啊，那么现在可以动手了。地狱里是这样幽暗！呸，我的爷，呸！你是一个军人，也会害怕吗？既然谁也不能奈何我们，为什么我们要怕被人知道？可是谁想得到这老头儿会有这么多血？

医生　你听见没有？

麦克白夫人　费辅爵士从前有一个妻子；现在她在哪儿？什么！这两只手再也不会干净了吗？算了，我的爷，算了；你这样大惊小怪，把事情都弄糟了。

162

医生　说下去，说下去；你已经知道你所不应该知道的事。

侍女　我想她已经说了她所不应该说的话；天知道她心里有些什么秘密。

麦克白夫人　这儿还是有一股血腥气；所有阿拉伯的香料都不能叫这只小手变得香一点。啊！啊！啊！

医生　这一声叹息多么沉痛！她的心里蕴蓄着无限的凄苦。

侍女　我不愿为了身体上的尊荣，而让我的胸膛里装着这样一颗心。

医生　好，好，好。

侍女　但愿一切都是好好的，大夫。

医生　这种病我没有法子医治。可是我知道有些曾经在睡梦中走动的人，都是很虔敬地寿终正寝。

麦克白夫人　洗净你的手，披上你的睡衣；不要这样面无人色。我再告诉你一遍，班柯已经下葬了；他不会从坟墓里出来的。

医生　有这等事？

麦克白夫人　睡去，睡去；有人在打门哩。来，来，来，来，让我搀着你。事情已经干了就算了。睡去，睡去，睡去。（下。）

医生　她现在要上床去吗？

侍女　就要上床去了。

医生　外边很多骇人听闻的流言。反常的行为引起了反常的纷扰；良心负疚的人往往会向无言的衾枕泄漏他们的秘密；她需要教士的训诲甚于医生的诊视。上帝，上帝饶恕我们一切世人！留心照料她；凡是可以伤害她自己的东西全都要从她手边拿开；随时看顾着她。好，晚安！她扰乱了我的心，迷惑了我的眼睛。我心里所想到的，却不敢把它吐出嘴唇。

侍女 晚安，好大夫。（各下。）

第二场　邓西嫩附近乡野

旗鼓前导，孟提斯、凯士纳斯、安格斯、列诺克斯及兵士等上。

孟提斯 英格兰军队已经迫近，领军的是马尔康、他的叔父西华德和麦克德夫三人，他们的胸头燃起复仇的怒火；即使心如死灰的人，为了这种痛入骨髓的仇恨也会激起流血的决心。

安格斯 在勃南森林附近，我们将要碰上他们；他们正在从那条路上过来。

凯士纳斯 谁知道道纳本是不是跟他的哥哥在一起？

列诺克斯 我可以确实告诉你，将军，他们不在一起。我有一张他们军队里高级将领的名单，里面有西华德的儿子，还有许多初上战场、乳臭未干的少年。

孟提斯 那暴君有什么举动？

凯士纳斯 他把邓西嫩防御得非常坚固。有人说他疯了；对他比较没有什么恶感的人，却说那是一个猛士的愤怒；可是他不能自己约束住他的惶乱的心情，却是一件无疑的事实。

安格斯 现在他已经感觉到他的暗杀的罪恶紧粘在他的手上；每

分钟都有一次叛变，谴责他的不忠不义；受他命令的人，都不过奉命行事，并不是出于对他的忠诚；现在他已经感觉到他的尊号罩在他的身上，就像一个矮小的偷儿穿了一件巨人的衣服一样束手绊脚。

孟提斯　他自己的灵魂都在谴责它本身的存在，谁还能怪他的昏乱的知觉怔忡不安呢。

凯士纳斯　好，我们整队前进吧；我们必须认清谁是我们应该服从的人。为了拔除祖国的沉疴，让我们准备和他共同流尽我们的最后一滴血。

列诺克斯　否则我们也愿意喷洒我们的热血，灌溉这一朵国家主权的娇花，淹没那凭陵它的野草。向勃南进军！（众列队行进下。）

第三场　邓西嫩。城堡中一室

麦克白、医生及侍从等上。

麦克白　不要再告诉我什么消息；让他们一个个逃走吧；除非勃南的森林会向邓西嫩移动，我是不知道有什么事情值得害怕的。马尔康那小子算得什么？他不是妇人所生的吗？预知人类死生的精灵曾经这样向我宣告："不要害怕，麦克白；没有一个妇人所生下的人可以加害于你。"那么逃走吧，不忠的爵士们，去跟那些饕餮的英国人在一起吧。我的头脑，永远不会被疑虑所困扰，我的心灵永远不会被恐惧所震荡。

一仆人上。

麦克白　魔鬼罚你变成炭团一样黑，你这脸色惨白的狗头！你从哪儿得来这么一副呆鹅的蠢相？

仆人　有一万——

麦克白　一万只鹅吗，狗才？

仆人　一万个兵，陛下。

麦克白　去刺破你自己的脸，把你那吓得毫无血色的两颊染一染红吧，你这鼠胆的小子。什么兵，蠢才？该死的东西！瞧你吓得脸像白布一般。什么兵，不中用的奴才？

仆人　启禀陛下，是英格兰兵。

麦克白　不要让我看见你的脸。（仆人下）西登！——我心里很不舒服，当我看见——喂，西登！——这一次的战争也许可以使我从此高枕无忧，也许可以立刻把我倾覆。我已经活得够长久了；我的生命已经日就枯萎，像一片雕谢的黄叶；凡是老年人所应该享有的尊荣、敬爱、服从和一大群的朋友，我是没有希望再得到的了；代替这一切的，只有低声而深刻的咒诅，口头上的恭维和一些违心的假话。西登！

西登上。

西登　陛下有什么吩咐？

麦克白　还有什么消息没有？

西登　陛下，刚才所报告的消息，全都证实了。

麦克白　我要战到我的全身不剩一块好肉。给我拿战铠来。

西登　现在还用不着哩。

麦克白　我要把它穿起来。加派骑兵，到全国各处巡回视察，要

是有谁嘴里提起了一句害怕的话，就把他吊死。给我拿战
铠来。大夫，你的病人今天怎样？

医生　回陛下，她并没有什么病，只是因为思虑太过，继续不断
的幻想扰乱了她的神经，使她不得安息。

麦克白　替她医好这一种病。你难道不能诊治那种病态的心理，
从记忆中拔去一桩根深蒂固的忧郁，拭掉那写在脑筋上的
烦恼，用一种使人忘却一切的甘美的药剂，把那堆满在胸
间、重压在心头的积毒扫除干净吗？

医生　那还是要仗病人自己设法的。

麦克白　那么把医药丢给狗子吧；我不要仰仗它。来，替我穿上
战铠；给我拿指挥杖来。西登，把骑兵派出去。——大夫，
那些爵士们都背了我逃走了。——来，快。——大夫，要
是你能够替我的国家验一验小便，查明它的病根，使它回
复原来的健康，我一定要使太空之中充满着我对你的赞美
的回声。——喂，把它脱下了。——什么大黄肉桂，什么
清泻的药剂，可以把这些英格兰人排泄掉？你听见过这类
药草吗？

医生　是的，陛下；我听说陛下准备亲自带兵迎战呢。

麦克白　给我把铠甲带着。除非勃南森林会向邓西嫩移动，我对
死亡和毒害都没有半分惊恐。

医生　（旁白）要是我能够远远离开邓西嫩，高官厚禄再也诱不动
我回来。（同下。）

麦
克
白

第四场 勃南森林附近的乡野

旗鼓前导，马尔康、西华德父子、麦克德夫、孟提斯、凯士纳斯、安格斯、列诺克斯、洛斯及兵士等列队行进上。

马尔康 诸位贤卿，我希望大家都能够安枕而寝的日子已经不远了。

孟提斯 那是我们一点也不疑惑的。

西华德 前面这一座是什么树林？

孟提斯 勃南森林。

马尔康 每一个兵士都砍下一根树枝来，把它举起在各人的面前；这样我们可以隐匿我们全军的人数，让敌人无从知道我们的实力。

众兵士 得令。

西华德 我们所得到的情报，都说那自信的暴君仍旧在邓西嫩深居不出，等候我们兵临城下。

马尔康 这是他的唯一的希望；因为在他手下的人，不论地位高低，一找到机会都要叛弃他，他们接受他的号令，都只是出于被迫，并不是自己心愿。

麦克德夫 等我们看清了真情实况再下准确的判断吧，眼前让我们发扬战士的坚毅的精神。

西华德 我们这一次的胜败得失，不久就可以分晓。口头的推测不过是一些悬空的希望，实际的行动才能够产生决定的结果，大家奋勇前进吧！（众列队行进下。）

第五场　邓西嫩。城堡内

　　　　旗鼓前导，麦克白、西登及兵士等上。

麦克白　把我们的旗帜挂在城墙外面；到处仍旧是一片"他们来了"的呼声；我们这座城堡防御得这样坚强，还怕他们围攻吗？让他们到这儿来，等饥饿和瘟疫来把他们收拾去吧。倘不是我们自己的军队也倒了戈跟他们联合在一起，我们尽可以挺身出战，把他们赶回老家去。（内妇女哭声）那是什么声音？

西登　是妇女们的哭声，陛下。（下。）

麦克白　我简直已经忘记了恐惧的滋味。从前一声晚间的哀叫，可以把我吓出一身冷汗，听着一段可怕的故事，我的头发会像有了生命似的竖起来。现在我已经饱尝无数的恐怖；我的习惯于杀戮的思想，再也没有什么悲惨的事情可以使它惊悚了。

　　　　西登重上。

麦克白　那哭声是为了什么事？

西登　陛下，王后死了。

麦克白　她反正要死的，迟早总会有听到这个消息的一天。明天，明天，再一个明天，一天接着一天地蹑步前进，直到最后一秒钟的时间；我们所有的昨天，不过替傻子们照亮了到死亡的土壤中去的路。熄灭了吧，熄灭了吧，短促的烛光！人生不过是一个行走的影子，一个在舞台上指手划脚的拙劣的伶人，登场片刻，就在无声无臭中悄然退下；它

麦
克
白

是一个愚人所讲的故事，充满着喧哗和骚动，却找不到一点意义。

　　　　一使者上。

麦克白　你要来播弄你的唇舌；有什么话快说。

使者　陛下，我应该向您报告我以为我所看见的事，可是我不知道应该怎样说起。

麦克白　好，你说吧。

使者　当我站在山头守望的时候，我向勃南一眼望去，好像那边的树木都在开始行动了。

麦克白　说谎的奴才！

使者　要是没有那么一回事，我愿意悉听陛下的惩处；在这三哩路以内，您可以看见它向这边过来；一座活动的树林。

麦克白　要是你说了谎话，我要把你活活吊在最近的一株树上，让你饿死；要是你的话是真的，我也希望你把我吊死了吧。我的决心已经有些动摇，我开始怀疑起那魔鬼所说的似是而非的暧昧的谎话了；"不要害怕，除非勃南森林会到邓西嫩来"；现在一座树林真的到邓西嫩来了。披上武装，出去！他所说的这种事情要是果然出现，那么逃走固然逃走不了，留在这儿也不过坐以待毙。我现在开始厌倦白昼的阳光，但愿这世界早一点崩溃。敲起警钟来！吹吧，狂风！来吧，灭亡！就是死我们也要捐躯沙场。（同下。）

第六场　同前。城堡前平原

旗鼓前导，马尔康、老西华德、麦克德夫等率军队各持树枝上。

马尔康　现在已经相去不远；把你们树叶的幕障抛下，现出你们威武的军容来。尊贵的叔父，请您带领我的兄弟——您的英勇的儿子，先去和敌人交战；其余的一切统归尊贵的麦克德夫跟我两人负责部署。

西华德　再会。今天晚上我们只要找得到那暴君的军队，一定要跟他们拚个你死我活。

麦克德夫　把我们所有的喇叭一齐吹起来；鼓足了你们的衷气，把流血和死亡的消息吹进敌人的耳里。（同下。）

第七场　同前。平原上的另一部分

号角声。麦克白上。

麦克白　他们已经缚住我的手脚；我不能逃走，可是我必须像熊一样挣扎到底。哪一个人不是妇人生下的？除了这样一个人以外，我还怕什么人。

小西华德上。

小西华德　你叫什么名字？

麦克白　我的名字说出来会吓坏你。

小西华德　即使你给自己取了一个比地狱里的魔鬼更炽热的名字，也吓不倒我。

171

麦克白

麦克白　我就叫麦克白。

小西华德　魔鬼自己也不能向我的耳中说出一个更可憎恨的名字。

麦克白　他也不能说出一个更可怕的名字。

小西华德　胡说，你这可恶的暴君；我要用我的剑证明你是说谎。

（二人交战，小西华德被杀。）

麦克白　你是妇人所生的；我瞧不起一切妇人之子手里的刀剑。（下。）

号角声。麦克德夫上。

麦克德夫　那喧声是在那边。暴君，露出你的脸来；要是你已经被人杀死，等不及我来取你的性命，那么我的妻子儿女的阴魂一定不会放过我。我不能杀害那些被你雇佣的倒霉的士卒；我的剑倘不能刺中你，麦克白，我宁愿让它闲置不用，保全它的锋刃，把它重新插回鞘里。你应该在那边；这一阵高声的呐喊，好像是宣布什么重要的人物上阵似的。命运，让我找到他吧！我没有此外的奢求了。（下。号角声。）

马尔康及老西华德上。

西华德　这儿来，殿下；那城堡已经拱手纳降。暴君的人民有的帮这一面，有的帮那一面；英勇的爵士们一个个出力奋战；您已经胜算在握，大势就可以决定了。

马尔康　我们也碰见了敌人，他们只是虚晃几枪罢了。

西华德　殿下，请进堡里去吧。（同下。号角声。）

麦克白重上。

麦克白　我为什么要学那些罗马人的傻样子，死在我自己的剑上呢？我的剑是应该为杀敌而用的。

麦克德夫重上。

麦克德夫　转过来，地狱里的恶狗，转过来！

麦克白　我在一切人中间，最不愿意看见你。可是你回去吧，我的灵魂里沾着你一家人的血，已经太多了。

麦克德夫　我没有话说；我的话都在我的剑上，你这没有一个名字可以形容你的狠毒的恶贼！（二人交战。）

麦克白　你不过白费了气力；你要使我流血，正像用你锐利的剑锋在空气上划一道痕迹一样困难。让你的刀刃降落在别人的头上吧；我的生命是有魔法保护的，没有一个妇人所生的人可以把它伤害。

麦克德夫　不要再信任你的魔法了吧；让你所信奉的神告诉你，麦克德夫是没有足月就从他母亲的腹中剖出来的。

麦克白　愿那告诉我这样的话的舌头永受咒诅，因为它使我失去了男子汉的勇气！愿这些欺人的魔鬼再也不要被人相信，他们用模棱两可的话愚弄我们，听来好像大有希望，结果却完全和我们原来的期望相反。我不愿跟你交战。

麦克德夫　那么投降吧，懦夫，我们可以饶你活命，可是要叫你在众人的面前出丑：我们要把你的像画在篷帐外面，底下写着，"请来看暴君的原形。"

麦克白　我不愿投降，我不愿低头吻那马尔康小子足下的泥土，被那些下贱的民众任意唾骂。虽然勃南森林已经到了邓西嫩，虽然今天和你狭路相逢，你偏偏不是妇人所生下的，可是我还要擎起我的雄壮的盾牌，尽我最后的力量。来，麦克德夫，谁先喊"住手，够了"的，让他永远在地狱里

麦
克
白

沉沦。（二人且战且下。）

　　　　吹退军号。喇叭奏花腔。旗鼓前导，马尔康、老西华
　　　　德、洛斯、众爵士及兵士等重上。

马尔康　我希望我们不见的朋友都能够安然到来。

西华德　总有人免不了牺牲；可是照我看见的眼前这些人说起来，我们这次重大的胜利所付的代价是很小的。

马尔康　麦克德夫跟您的英勇的儿子都失踪了。

洛斯　老将军，令郎已经尽了一个军人的责任；他刚刚活到成人的年龄，就用他的勇往直前的战斗精神证明了他的勇力，像一个男子汉似的死了。

西华德　那么他已经死了吗？

洛斯　是的，他的尸体已经从战场上搬走。他的死是一桩无价的损失，您必须勉抑哀思才好。

西华德　他的伤口是在前面吗？

洛斯　是的，在他的额部。

西华德　那么愿他成为上帝的兵士！要是我有像头发一样多的儿子，我也不希望他们得到一个更光荣的结局；这就作为他的丧钟吧。

马尔康　他是值得我们更深的悲悼的，我将向他致献我的哀思。

西华德　他已经得到他最大的酬报；他们说，他死得很英勇，他的责任已尽；愿上帝与他同在！又有好消息来了。

　　　　麦克德夫携麦克白首级重上。

麦克德夫　祝福，吾王陛下！你就是国王了。瞧，篡贼的万恶的头颅已经取来；无道的虐政从此推翻了。我看见全国的英俊拥绕在你的周围，他们心里都在发出跟我同样的敬礼；

现在我要请他们陪着我高呼：祝福，苏格兰的国王！

众人　祝福，苏格兰的国王！（喇叭奏花腔。）

马尔康　多承各位拥戴，论功行赏，在此一朝。各位爵士国戚，从现在起，你们都得到了伯爵的封号，在苏格兰你们是最初享有这样封号的人。在这去旧布新的时候，我们还有许多事情要做；那些因为逃避暴君的罗网而出亡国外的朋友们，我们必须召唤他们回来；这个屠夫虽然已经死了，他的魔鬼一样的王后，据说也已经亲手杀害了自己的生命，可是帮助他们杀人行凶的党羽，我们必须一一搜捕，处以极刑；此外一切必要的工作，我们都要按照上帝的旨意，分别先后，逐步处理。现在我要感谢各位的相助，还要请你们陪我到斯贡去，参与加冕大典。（喇叭奏花腔。众下）

麦克白